Chère lectrice,

Pour ce mois d'octobre, je vous ai réservé une très belle surprise : sur le même principe que « L'héritier des Drakos », paru en début d'année, un nouveau volume double exceptionnel paraît dans votre collection Azur : « Le destin des Parenti », de Penny Jordan (n° 3285). Dans les deux romans inédits qui composent ce volume (*Le défi d'une amoureuse* et *Un impossible secret*), vous pourrez assister à la naissance explosive du désir — et de l'amour, intense et passionné — entre Giselle et Saul Parenti, que tout semble pourtant séparer. Au fil du récit, secrets et passion seront au rendez-vous !

Mais le plaisir ne s'arrête pas là, car c'est bien ce mois-ci que vous découvrirez la suite de « La saga des Orsini », de Sandra Marton.

Très bonne lecture !

La responsable de collection

Un été dans ses bras

ELIZABETH POWER

Un été dans ses bras

collection Azur

éditions HARLEQUIN

Collection : Azur

Cet ouvrage a été publié en langue anglaise
sous le titre :
BACK IN THE LION'S DEN

Traduction française de
FREDERIQUE MALLET

83-85, boulevard Vincent-Auriol, 75646 PARIS CEDEX 13.
Service Lectrices — Tél. : 01 45 82 47 47
www.harlequin.fr
ISBN 978-2-2802-4437-4 — ISSN 0993-4448

1.

Il entendit la musique provenant d'une des salles de fitness avant même de l'atteindre. Ses battements rythmés résonnaient dans le couloir.

De chaque côté, derrière les cloisons vitrées, des habitués faisaient de la musculation. Il savait que son costume sombre, sa chemise blanche et sa cravate étaient déplacés dans cet environnement et se rendit compte que deux jeunes femmes avaient interrompu leur partie de squash pour le regarder passer.

Avec son mètre quatre-vingt-dix, sa puissante stature ct ses cheveux d'un noir brillant, il était habitué à susciter l'admiration des personnes du sexe opposé. En temps ordinaire, il aurait lancé un regard à ces femmes mais ce jour-là, ignorant leur intérêt flagrant, Conan Ryder continua d'avancer d'un pas ferme et résolu, ses yeux verts fixés sur la porte entrouverte d'où s'échappait la musique. A l'idée de revoir Sienna, il sentit un flot d'adrénaline courir dans ses veines. Il lutta pour garder contenance et son visage se durcit.

Personne ne le mettait dans un tel état, et ce n'était tout de même pas elle qui allait commencer !

Il avait une simple requête à présenter. Elle allait probablement refuser mais il finirait par la convaincre.

— C'est bien, Charlene ! relâche le bassin ! Très bien ! Laisse couler…

Au moment où il ouvrit la porte, il entendit sa voix, claire, stimulante et ferme.

Tous les yeux se tournèrent vers lui, mais seule l'intéressait la silhouette menue de la jeune femme vêtue d'un justaucorps rouge et d'un collant noir qui dirigeait le cours.

Ses cheveux courts et foncés rehaussaient sa féminité. Elle avait un corps mince et légèrement hâlé dont la tenue moulante soulignait les proportions parfaites. Il remarqua chez elle une légèreté qu'elle n'avait pas à l'époque où elle était mariée à son frère.

Il s'approcha d'elle par-derrière, laissant glisser son regard de la ligne gracieuse de son cou jusqu'à ses épaules. Il reconnut le petit papillon tatoué juste au-dessus de son omoplate droite, et sentit son corps réagir instantanément.

S'éclaircissant la gorge, il se pencha vers elle.

— Je suis désolé d'interrompre ton cours, mais c'est le seul moyen que j'aie trouvé pour te joindre. Comment font les gens pour te contacter ? Ils utilisent un pigeon voyageur ?

Sa voix profonde était dure et tout aussi hostile que lors de leur dernière rencontre, songea Sienna.

— Aurais-je eu plus de chance en essayant la télépathie ? reprit-il avec ironie.

Il remarqua son regard stupéfait et contrarié lorsqu'elle se retourna.

— Bonjour, Conan, dit-elle avec un sourire forcé et l'air froid et détaché dont il se souvenait si bien. Quel plaisir de te revoir !

Le sarcasme ne lui échappa pas.

— Est-il arrivé quelque chose à Daisy ? demanda-t-elle, soudain sérieuse.

Son intérêt pour sa fille était évident et il songea amèrement qu'elle n'avait pas fait preuve de la même considération pour son mari.

— Comment le saurais-je ? lança-t-il. Je ne l'ai pas vue depuis bientôt trois ans !

Il vit alors sa panique céder le pas au soulagement.

— J'ai essayé en vain de te joindre, ajouta-t-il, et quand j'ai enfin trouvé ton numéro tu étais toujours absente, alors…

Elle eut l'air surpris. Elle ne s'attendait peut-être pas à ce qu'il découvre son adresse.

— Nous sommes très occupées, déclara-t-elle, soucieuse de couper court à toute discussion concernant sa vie privée. Pourquoi voulais-tu me voir ?

Il se raidit. La musique s'était arrêtée et il sentait que les élèves le dévisageaient.

— Y a-t-il un endroit où nous puissions parler en privé ? demanda-t-il avec impatience.

Sienna fit signe à ses élèves de continuer sans elle, puis lui indiqua la sortie d'un mouvement de tête.

Conan ouvrit la porte et s'effaça pour la laisser passer. Dans le couloir, il remarqua sa taille fine et l'arrondi de ses fesses fermes, moulées de façon provocante par son justaucorps. Elle avait le port de tête et la grâce d'une danseuse.

— Que veux-tu ? lança-t-elle en faisant volte-face.

Son sang bouillait à la simple vue de Conan Ryder. Il était aussi impressionnant et séduisant que dans son souvenir. Chef d'entreprise, il était milliardaire, et aussi le demi-frère de son mari décédé.

Il avait pourtant raison. Cela faisait presque trois ans qu'elle avait quitté le Surrey pour s'installer dans un pavillon à la périphérie de Londres avec son bébé de dix-huit mois, fuyant ses sarcasmes et ses insinuations. Trois ans depuis le tragique accident qui avait coûté la vie à Niall…

Conan n'avait pas changé d'avis à son sujet. Soudain, elle se sentit de nouveau dans la peau de la jeune fille affectivement dépendante qui n'avait pu se défendre face à ses agressions verbales. Elle n'avait pas pu justifier ses actes, expliquer pourquoi elle avait menti et dissiper ainsi son évidente culpabilité. Car pour cela elle aurait dû lui dévoiler son âme, chose qu'elle n'avait toujours pas l'intention de faire aujourd'hui.

Repoussant la douleur amère qui menaçait de l'envahir, elle murmura d'une voix sur le point de se briser :

— Pour quelle raison cherches-tu à me voir ?

— Ce n'est pas toi que j'ai envie de voir.

Ses mots la blessèrent plus qu'elle ne l'aurait cru.

— C'est Daisy. Je veux que tu la laisses venir avec moi.

En un éclair, des souvenirs douloureux resurgirent à l'esprit. « Je ferai tout ce qui est en mon pouvoir pour éloigner Daisy de toi »…

En proie à une sourde angoisse, elle répéta :

— Tu *veux* ?

— Daisy est ma nièce, lui rappela-t-il sèchement. Elle a aussi une grand-mère qu'elle n'a pas vue depuis longtemps.

— Et une mère qui n'a jamais trouvé grâce à vos yeux. T'en souviens-tu ?

C'était un cri du cœur, poignant, amer et accusateur.

— C'est vrai, reconnut-il d'une voix crispée. Nous n'avons pas toujours été d'accord.

— Pas toujours été d'accord ? s'exclama-t-elle. C'est ainsi que tu le vois, Conan ? Tu m'as accusée d'être une mère indigne et une épouse infidèle !

Son regard se durcit et il se contenta de répondre :

— C'est vrai, mais cela ne change rien au fait que tu n'avais pas le droit de priver Daisy de sa famille.

— Oh ! que si !

Son audace lui fit monter le sang aux joues. Elle n'avait aucune envie de poursuivre cette conversation et se sentait soudain mal à l'aise dans sa tenue légère, face à lui, si grand et si viril.

— Niall était la seule famille qu'elle avait. Niall et moi !

Ce qui n'était pas la stricte vérité. Il y avait aussi ses parents, même si elle les voyait rarement depuis leur départ en Espagne.

— Niall était mon frère, tout de même !

— Il est dommage que tu ne t'en sois pas souvenu lorsqu'il était encore en vie !

Elle comprit qu'elle avait touché un point sensible en voyant sa bouche sensuelle se durcir et ses yeux s'assombrir. Il ne devait pas apprécier de se voir rappeler que lui, si nanti, avait refusé d'aider son propre frère, alors en butte à de terribles ennuis financiers. Il répondit pourtant avec une douceur assassine :

— Tu veux encore me harceler avec ça ?

Elle choisit de rester sur ses gardes. Inutile de se le mettre à dos. Elle savait ce dont il était capable…

— Je ne veux *rien* avoir à faire avec toi, Conan Ryder.

Elle sentit son regard glisser sur ses épaules et se poser furtivement sur sa poitrine. Il était sans pitié, sans scrupules et elle ne l'aimait pas, cependant elle ne put empêcher une vague de chaleur de se propager dans ses veines.

— T'ai-je jamais demandé quoi que ce soit ? s'enquit-il d'une voix suave.

Le sens réel de ses paroles ne laissait aucun doute. Non, il ne *le* lui avait jamais demandé, pensa-t-elle avec un inexplicable petit fourmillement le long de la colonne vertébrale, et elle avait toujours pensé à lui comme à son beau-frère. Elle était cependant consciente d'avoir affaire à un homme séduisant, dynamique et incroyablement riche. Mais aussi sombre et taciturne, parfois même impitoyable. Elle n'avait jamais vraiment réussi à le comprendre. Aussi attirant que soit Conan, c'était Niall qu'elle aimait, avec une passion qui avait failli la rendre folle…

— Il m'aurait pourtant suffi de claquer des doigts, reprit-il d'une voix glaciale. Mais c'est vrai, tu n'as pas eu besoin de moi pour te trouver un amant.

— Il n'était pas mon amant ! Et tu continues de te méprendre si tu penses que j'aurais pu m'intéresser à un homme tel que *toi* !

Le souvenir de leur dernière rencontre s'imposa à elle, une scène horrible à jamais gravée dans sa mémoire.

— Pour ton information, Conan…

« J'aimais ton frère », était-elle sur le point de dire lorsque la porte de la salle de fitness s'ouvrit.

Une jeune femme en sortit et adressa un sourire engageant à Conan avant de passer derrière lui pour rejoindre le vestiaire, le forçant ainsi à se rapprocher de Sienna qui recula instinctivement d'un pas.

Il leva un sourcil interrogateur.

— Ma mère a besoin de voir Daisy, déclara-t-il, l'air soudain soucieux. Et moi aussi. Ma mère n'est plus tout à fait elle-même dernièrement…

Il ne put se résoudre à lui avouer combien il était inquiet pour Avril Ryder ; il ne voulait pas avoir l'air de la supplier.

— Je pense qu'une visite de son unique petite-fille lui ferait beaucoup de bien. Elle ne l'a pas vue depuis qu'elle avait dix-huit mois. Moi non plus, d'ailleurs.

— Et tu crois qu'il te suffit de débarquer ici pour

que je te confie Daisy ? Elle ne te connaît même pas, avança-t-elle essayant de dissimuler la peur qui l'avait envahie.

— A qui la faute ?

— Elle ne sait même pas qui tu es, répéta-t-elle, ignorant sa question et la critique sous-entendue.

— Pour l'amour du ciel, je suis son oncle, Sienna ! Mais cela t'est égal, n'est-ce pas ? C'est toi qui as disparu sans plus donner de nouvelles ni envoyer de photos. Peux-tu imaginer la peine qu'a endurée Avril ? Crois-tu qu'elle n'avait pas assez souffert à la mort de Niall ? Elle a aussi perdu sa petite-fille le jour où tu l'as emmenée.

— J'ai été contrainte de partir, répliqua-t-elle, les larmes aux yeux. Tu sembles oublier que j'ai perdu un mari et que malgré mon chagrin, j'ai dû supporter vos accusations et vos reproches. Tu as tenté de me rendre responsable de ce qui lui était arrivé, de sa propension à boire et de ses dettes. Je savais ce que tu pensais de moi, ce que vous pensiez tous les deux. Tu m'as fait clairement comprendre à maintes reprises que Niall avait fait une mésalliance en m'épousant.

— Je n'ai jamais dit ça.

— Tu n'en as pas eu besoin ! C'était perceptible dans chacun de tes mots, chacune de tes critiques. Ta mère a difficilement pu cacher sa déception de le voir épouser une serveuse ! C'était bien le problème, n'est-ce pas ? Même s'il s'agissait d'un travail temporaire. Vous aviez décidé dès le départ de ne pas m'aimer.

— Je ne suis pas responsable de la conduite de ma mère. Je me suis simplement fondé sur ce que je voyais pour me forger une opinion.

— Et de quoi s'agissait-il ? Hormis ma supposée infidélité, bien sûr ?

La condamnation se lisait sur le visage de Conan. Il ressemblait à un fier guerrier.

— Tu le sais très bien. Niall vivait au-dessus de ses moyens et tu n'as fait que l'encourager dans ce sens.

Elle l'ignorait et était trop jeune pour reconnaître les signes de la faiblesse de son mari : son irritabilité, l'abus de boisson, ses sautes d'humeur…

— Je l'ai saigné à blanc, lui rappela-t-elle. C'est l'expression que tu avais utilisée.

Il ne le nia pas. Comment l'aurait-il pu ? songea Sienna. Contrairement à elle, il ne cherchait pas à ménager son adversaire ou à se cacher derrière des subterfuges ou des mensonges.

— Je ne peux pas discuter de cela maintenant, dit-elle en entendant le dernier morceau de la musique se terminer. Je dois reprendre mon cours.

— Tu feras ce que je te demande, Sienna.

Elle s'arrêta net, pivotant pour lui faire face de nouveau, et le défia du regard.

— Tiens donc ! Et qu'as-tu l'intention de faire pour m'y forcer ? Concocter quelque fable et obtenir une injonction pour m'enlever Daisy comme tu m'en as menacée à l'époque ?

Elle le bravait, mais, en réalité, elle était paniquée à l'idée de le voir utiliser son pouvoir et ses relations pour venger Niall.

— Je ne suis pas venu ici pour ça.

— Non. Tu veux simplement que je te confie Daisy sans faire d'histoires. Je suis désolée, Conan, mais je n'ai pas changé d'avis. Ma fille n'ira nulle part sans moi, et je ne vais pas me jeter de nouveau dans la gueule du loup, merci bien !

— C'est pourtant ce que tu vas faire, Sienna.

— Comment peux-tu en être aussi sûr ?

— Question de conscience, ma chère. Si tant est que tu en aies une.

Elle choisit d'ignorer sa provocation mais répliqua, amère :

— Comme toi, tu veux dire ?

Elle préféra ne pas attendre la réponse.

Sienna s'assura que Daisy dormait et embrassa sa joue toute douce avant d'éteindre la lampe de chevet, incapable de résister à l'envie de caresser ses cheveux châtains soyeux dont les boucles s'étalaient sur l'oreiller.

Ils ressemblent à ceux de Niall, pensa-t-elle avec émotion en remontant la couette sur le bras potelé qui enlaçait son hippopotame rose.

Elle descendit, ouvrit la porte arrière de la maison pour laisser entrer une boule de poils longs hirsutes, remplit une gamelle puis entama son repassage — des tâches quotidiennes habituelles, à ceci près que ce soir-là, plus rien ne semblait normal.

Voir Conan avait fait resurgir un passé douloureux, ravivant des blessures qu'elle croyait guéries.

Elle avait juste vingt ans lorsqu'elle avait rencontré Niall.

Ses parents venaient de vendre leur maison pour partir vivre en Espagne et Sienna avait choisi de rester seule en Angleterre.

Elle travaillait alors comme réceptionniste au club de fitness que Niall fréquentait avec autant d'assiduité que le bar où elle servait parfois lorsqu'ils étaient à court de personnel.

Elle avait tout d'abord été séduite par son sens de l'humour. Niall, alors âgé de vingt-trois ans, était charmant et plein d'esprit. Très vite, elle était tombée amoureuse de lui.

Ses parents étaient rentrés pour assister à leur mariage, une cérémonie simple à la mairie. Faith et Barry Swann avaient d'emblée cherché à se lier d'amitié avec sa toute nouvelle belle-mère. Mais Avril Ryder, la veuve d'un avocat, n'éprouvait visiblement aucune sympathie pour eux et pensait que Sienna avait piégé son plus jeune fils en tombant enceinte pour se faire épouser. Daisy était née un an jour pour jour après leur mariage et Sienna avait été ravie de prouver ainsi à Avril qu'elle avait tort.

Conan, entre deux réunions, avait lui aussi assisté au mariage, et le baiser qu'il avait déposé sur la joue de Sienna après la cérémonie avait été aussi formel que troublant.

Niall éprouvait une admiration sans bornes pour ce frère aîné qu'il cherchait désespérément à imiter. Conan Ryder, trentenaire dynamique, riche et sophistiqué, était à la tête d'une entreprise de télécommunication mondiale et connaissait un succès extraordinaire.

A sa sortie de l'université, Niall, au lieu d'embrasser une carrière juridique comme son père, était entré en tant que directeur commercial au siège social de l'entreprise de Conan. Il était sérieux dans son travail et couvrait Sienna de cadeaux. Il leur avait même acheté, à crédit, une superbe maison de quatre chambres, luxueusement aménagée à quelques kilomètres du manoir de Conan, dans le Surrey.

Mais Niall faisait la fête, souvent. Trop, se rappela Sienna tout en repassant une petite chemise de Daisy. Sa quête insouciante des plaisirs et son attitude irresponsable avaient causé sa mort, à Copenhague, au terme d'une soirée entre copains qui avait mal tourné.

Douleur et remords assaillirent Sienna tandis

qu'elle prenait une profonde inspiration pour tenter de soulager son angoisse.

Niall n'avait eu de cesse de rivaliser avec son frère, de façon presque obsessionnelle. Mais il ne possédait ni la capacité de travail de Conan, ni sa nature impitoyable, songea-t-elle amèrement. Et lorsque, peu de temps avant sa mort, il avait connu de graves ennuis financiers et demandé l'aide de son frère, ce dernier avait refusé. Niall, anéanti, lui avait alors avoué qu'ils vivaient au-dessus de leurs moyens et qu'ils étaient endettés. Elle était trop jeune et bien trop naïve pour s'en rendre compte !

Conan et sa belle-mère l'avaient tous deux blâmée, *elle*, pour les dépenses excessives de son mari. Ils la considéraient aujourd'hui encore comme responsable de son penchant pour l'alcool et de son accident.

— Ce n'était pas ma faute ! Si *tu* l'avais aidé quand il te l'a demandé, il n'aurait pas bu au point de ne plus savoir ce qu'il faisait ! avait reproché Sienna à Conan une semaine après l'enterrement, trop effondrée pour se soucier de se maîtriser.

Elle aurait tant voulu pouvoir pleurer pour alléger sa douleur ! Mais, debout dans le somptueux salon du manoir de Conan Ryder où elle était venue rapporter les dernières affaires de Niall, elle en avait été incapable. Prenant son attitude pour de l'indifférence, son beau-frère n'en avait été que plus persuadé encore qu'elle avait trompé son frère.

— Niall avait des problèmes mais tu étais bien trop occupée à dépenser son argent avec ton amant pour t'en apercevoir.

— Bien sûr que je m'en étais aperçue !

— Mais tu n’as rien fait pour l’aider.

— J’étais sa femme, pas sa nounou !

Elle avait essayé de se défendre et avait lamentablement échoué. Elle en voulait à Niall de l’avoir laissée affronter seule sa famille.

— Ma mère est inquiète. Elle ne te trouve ni assez mûre ni assez responsable pour t’occuper d’un enfant. Pour être tout à fait franc, je suis d’accord avec elle. Je veux que la fille de mon frère grandisse comme une Ryder, sous le toit de cette famille et non chez un autre homme dont elle porterait le nom.

— Elle grandira de la façon dont je l’entends, avait-elle rétorqué, piquée au vif par la remarque de sa belle-mère qui n’avait même pas pris la peine de se joindre à eux, ce jour-là.

» Jusqu’à preuve du contraire tu n’es pas son père, Conan, lui avait-elle rappelé.

— Non, avait-il répondu, ironique. Je ne fais heureusement pas partie de ceux qui ont eu le plaisir de partager ton lit.

L’envie ne lui avait pas manqué de le gifler, mais elle s’était contentée de serrer les poings.

— Je n’ai pas à subir tes insultes, avait-elle répondu calmement, furieuse toutefois que son insinuation ait déclenché un frisson en elle. Mais si tu cherches à me dévaloriser, vas-y ! Je sais que n’ai jamais été assez bien pour toi, ni pour aucun de vous d’ailleurs.

Et elle avait ajouté d’un ton accusateur :

— C’est peut-être pour cela que Niall a fait un tel gâchis de sa vie. Parce que vous lui avez fait sentir, à lui aussi, qu’il n’était pas assez bien. Il se sentait écrasé par ce frère aîné tellement plus brillant, riche et chanceux que lui !

— Tu ne sais pas de quoi tu parles ! s’était exclamé Conan, fou de rage.

— C'est ce que tu crois ? Je sais que tu n'as *rien* fait lorsqu'il a sollicité ton aide. Mais ne t'inquiète pas, je ne ternirai plus l'image de cette illustre famille. Nous partons dès demain, ma fille et moi !

— Si tu emmènes Daisy loin d'ici, tu auras affaire à moi.

— Que comptes-tu faire ? Intenter un procès pour sa garde ?

— Si besoin est, oui.

— Sous quel prétexte ? avait-elle demandé, soudain prudente. Que je suis une mère indigne ?

Les apparences, bien sûr, l'accablaient et malgré son envie de s'expliquer et de se disculper, elle n'avait pas pu. Elle n'en avait pas le droit.

— A la moindre erreur de ta part, je n'hésiterai pas à demander un placement pour Daisy.

Venant d'un autre, elle aurait considéré cette menace comme inoffensive. Mais venant de lui, elle avait réveillé ses peurs les plus profondes.

Même si elle doutait que les Ryder se voient confier la garde exclusive de sa fille, Conan était assez riche et puissant pour qu'un tribunal prenne ses accusations au sérieux.

— Peut-être devrais-je épouser mon *petit ami* ! avait-elle dit pour le provoquer. Et tu ne pourras plus rien faire, alors ! Reste en dehors de ma vie, Conan !

C'est ainsi qu'elle avait disparu de leur existence sans un regard en arrière, avait vendu leur belle maison, remboursé les dettes et s'était installée dans le petit pavillon qu'elle avait réussi à acheter avec le maigre pécule qui lui restait.

*
* *

Alors qu'elle pensait en avoir fini avec la famille de Niall, Conan venait de resurgir avec sa fortune, sa puissance, ses jugements toujours aussi catégoriques, son superbe physique viril et surtout sa détermination. Et il voulait Daisy…

Quand on sonna à la porte, elle faillit lâcher son fer à repasser.

2.

Shadow aboya comme un fou lorsque Sienna ouvrit la porte d'entrée.

— Conan !

Elle n'aurait pas dû être surprise. Elle savait qu'il viendrait.

Tout excité, le chien bondit et posa les pattes sur le costume impeccable de Conan, qui ne put retenir un soupir exaspéré.

— Je suis désolée, s'excusa Sienna en se précipitant pour attraper le chien par le collier. Il n'est pas comme ça d'habitude.

— Puis-je entrer.

Les nerfs à fleur de peau et tenant toujours Shadow, Sienna lui demanda :

— De quoi s'agit-il, Conan ? Si cela concerne Daisy, tu t'es déplacé pour rien. Je pense avoir été suffisamment claire cet après-midi.

Les yeux de Conan lancèrent des éclairs mais, fidèle à son habitude, il se contrôla.

— Nous nous sommes quittés de façon peu courtoise, tout à l'heure. Je voulais y remédier, expliqua-t-il avec un sourire irrésistible qui déclencha un fourmillement bizarre dans le ventre de Sienna.

— Vraiment ?

Elle savait comment réagir lorsque Conan se

montrait agressif. Mais quand il usait de son charme elle perdait tous ses moyens.

— Passons dans le salon, annonça-t-elle, se demandant s'il percevait sa nervosité.

Elle le précéda dans le couloir et sentit son regard s'attarder sur son T-shirt noir moulant et son jean.

— Assieds-toi, lui dit-elle, consternée de le voir observer le minuscule salon d'un œil critique.

Elle enleva la pile de linge de l'unique fauteuil du salon, ainsi que les jouets éparpillés sur le canapé plutôt défraîchi.

Conan jeta un coup d'œil sur le mobilier sobre composé d'une table, de chaises et d'une bibliothèque qui avaient connu des jours meilleurs, ainsi que d'une chaîne hi-fi et d'une télévision.

— Est-ce ainsi que vous vivez ?

La critique se lisait sur son visage.

— Que veux-tu dire ? répliqua-t-elle.

— Disons que c'est très différent de ce à quoi tu étais habituée…

— Oui, mais au moins tout est payé !

Elle se revit, jeune fille, acceptant le luxe sans se poser de question, avant de se retrouver subitement veuve avec une adorable petite fille à charge et couverte de dettes.

— Avec quoi ? s'enquit-il d'un ton hautain. Ton travail ne doit pas te rapporter grand-chose.

— Qu'est-ce que ça peut bien te faire ?

Elle n'avait pas eu l'intention d'être cassante. Après tout, ne prétendait-il pas être venu pour arranger les choses ? Mais ses propos l'avaient blessée.

— Plus que tu ne crois, puisque ma nièce semble privée de l'essentiel alors qu'elle pourrait bénéficier de l'aide dont sa mère, trop fière ou trop égoïste, ne veut pas entendre parler.

Sienna se hérissa. Bien sûr, elle souffrait parfois de voir que sa fille n'avait pas autant de choses que ses camarades. Pas de grande fête pour son anniversaire, pas de vêtements coûteux. Et pas de père pour la protéger…

Soudain, en elle, l'amertume se mêla de colère. Niall était mort de façon si stupide. Tout aurait pu être évité. C'était un tel gâchis…

— Tu peux me trouver fière et égoïste, mais en attendant, ce que je t'ai dit il y a trois ans lorsque tu as daigné nous proposer ton aide financière est toujours valable…

Ses propos venimeux et son animosité réveillèrent douloureusement la mémoire de Conan.

« Tu as refusé de nous aider du vivant de Niall ! Eh bien nous nous débrouillerons sans toi, désormais ! »

— Même si Daisy doit en souffrir ? insista-t-il.

— Elle n'en souffrira pas, répliqua Sienna avec plus de conviction qu'elle n'en ressentait tout en jetant un coup d'œil à Shadow qui commençait à grogner.

— Autorise-la au moins à aller voir sa grand-mère. N'oublie pas que tu as des obligations, Sienna, envers la famille de Niall autant qu'envers la tienne.

— Des obligations ?

Elle faillit lui rire au nez. De quel droit lui parlait-il de devoir, lui qui ne s'était jamais réellement soucié de son frère ?

— Il ne te demandait jamais rien, l'accusa-t-elle. Lorsqu'il l'a fait, il était désespéré. Mais tu n'as pas été là pour lui.

— Tu penses donc que *je* l'ai tué ? Que par ma faute, ce soir-là, il a noyé ses soucis dans la boisson, perdu l'équilibre sur la rambarde et basculé de ce pont en relevant le défi stupide lancé par ses amis ?

Elle le sentit ému. Avait-il aimé Niall, après tout ?

— Je ne savais pas ce que je disais. Je venais juste de perdre mon mari…

— Et moi j'avais perdu un frère.

Elle avait raison. Ses mots avaient laissé en lui une marque indélébile. Elle le voyait, l'entendait au son grave de sa voix.

Ils se regardèrent un instant en silence, tels deux guerriers en train de s'affronter ; Sienna sur la défensive, les joues empourprées, et Conan les yeux brillants de colère.

Il était si beau, pensa distraitement Sienna, avec ses cheveux noirs épais et son corps puissant !

— Ma mère va mal, annonça-t-il d'un ton calme, très mal.

Les médecins pensaient en fait qu'Avril Ryder avait perdu goût à la vie.

— Je l'ai emmenée en France pour qu'elle y séjourne avec moi.

Sienna se souvint d'avoir lu dans une revue qu'il possédait depuis peu une somptueuse villa sur la Côte d'Azur.

— Elle a besoin de réconfort, et je sais que son souhait le plus cher est de voir sa petite-fille. Les vacances approchent et j'aimerais que vous veniez passer l'été, Daisy et toi…

Sienna faillit lui opposer un refus catégorique mais ne put s'y résoudre. Si les Ryder, et Conan en particulier, voulaient simplement soulager leur conscience en rattrapant le temps perdu avec Daisy, peu lui importait. Mais en voyant son visage lorsqu'il lui avait parlé de la santé de sa mère, elle avait compris que cela semblait sérieux. Que se passerait-il si c'était la dernière chance pour Daisy de voir sa grand-mère ? Ne serait-ce pas injuste de l'empêcher d'y aller ? Et si Avril Ryder était malade *à ce point*…

Les vacances arrivaient et ses cours réguliers allaient prendre fin. Elle avait accepté de donner des leçons particulières et pouvait difficilement se permettre de s'absenter longtemps sans entamer son budget déjà restreint. Mais il était hors de question de laisser Daisy aller où que ce soit sans elle.

— Je… je ne peux pas prendre autant de congés, avoua-t-elle.

Sa conscience la poussait à accepter mais elle ne voulait en aucun cas perdre sa dignité en avouant à Conan qu'elle avait du mal à joindre les deux bouts.

— Je ne vois pas comment je pourrais m'arranger…

Sans rien dire, Conan réfléchit et laissa son regard errer sur sa silhouette tonique et souple. Bien sûr, pensa-t-il avec un petit sourire. Il savait qu'elle utiliserait son travail comme excuse. Mais on pouvait acheter les femmes comme elle, elles avaient leur prix. Il en avait eu la preuve par le passé en constatant qu'elle demandait toujours plus à son mari : des vêtements, des bijoux et la petite voiture de sport qu'elle s'était offerte en dépit de leurs moyens limités.

« Les femmes coûtent cher, mon frère… Tu t'en apercevras, un jour… »

Il entendait encore la déclaration presque vantarde de Niall, alors qu'il venait de l'avertir que ses dépenses étaient trop importantes et avait accusé Sienna de dilapider tout son argent.

— Je te donnerai l'équivalent de ce que tu gagnes, le triple même, lui assura-t-il froidement afin de lui montrer qu'il n'était pas dupe.

— C'est très généreux de ta part, répondit-elle, à la fois surprise et peinée. Mais pourrais-tu aussi faire en sorte que je conserve ma place ?

— S'il le faut, oui.

Bien sûr… Les Ryder obtenaient toujours ce qu'ils

voulaient. Il leur suffisait de claquer des doigts pour que le commun des mortels se plie à leur volonté. Elle était stupide d'avoir posé la question !

— Donc si je comprends bien, c'est oui ?

Elle ne répondit pas et décida d'attendre avant de lui annoncer qu'elle n'accepterait pas un centime de lui. A quoi bon gâcher la misérable opinion qu'il avait d'elle ? pensa-t-elle en suivant son regard qui s'était posé sur Shadow, occupé à se gratter avec acharnement.

— Il a des tiques ?

— Pas du tout ! On dirait que tu n'aimes pas les chiens.

Il haussa les épaules.

— Ils me laissent indifférents. Disons simplement que je ne choisirais pas d'en avoir un sous mon toit.

— Si tu veux que nous venions passer l'été avec vous, il te faudra pourtant nous accepter tous les trois.

— Je croyais t'avoir entendue dire que Conan et Avril Ryder te regardaient de haut et critiquaient ta façon d'élever ta fille ? commenta Faith Swann lorsque Sienna l'avertit de son prochain départ.

Faith était très protectrice et cherchait constamment à convaincre Sienna de venir avec Daisy les rejoindre, son mari et elle, en Espagne.

— C'est vrai, reconnut Sienna, mais ils font aussi partie de la famille de Daisy. Quelle que soit la façon dont ils m'ont traitée, ou ont traité Niall, Avril ne va pas bien et il est de mon devoir d'y aller.

— J'imagine que Conan peut se montrer très persuasif. Je me souviens de l'avoir rencontré à ton mariage… Figure-toi que j'ai vu une photo récente de lui dans nos journaux anglais. Il est plutôt bel homme, du genre ténébreux que beaucoup de femmes affectionnent, dit-elle avant d'ajouter avec un petit rire : Il avait l'air furieux d'avoir été surpris à l'aéroport en compagnie de sa dernière conquête, tu sais, cette animatrice à la télévision, Petra quelque chose…

— Petra Flax, précisa Sienna, à qui l'animatrice n'était pas inconnue.

— Attends un peu que je dise à nos clients et à nos amis du golf que notre fille fréquente Conan Ryder.

— Maman ! s'exclama Sienna. Je préférerais que tu t'en abstiennes.

Sa mère se complaisait dans la fréquentation, même par personne interposée, des gens en vue, ce qui avait tout de suite déplu à Avril la seule fois que les deux familles s'étaient rencontrées.

— Ne fais pas attention à ta mère, elle est pleine de bonnes intentions, intervint Barry Swann en prenant le téléphone. Je sais que tu aimes rester discrète, mais souviens-toi que nous sommes là, ma chérie, si tu as besoin de nous.

Emue par sa gentillesse, Sienna se souvint de ne pas avoir voulu expliquer à ses parents les raisons de sa brouille avec la famille de Niall. Si son père avait su que Conan l'accusait d'être cupide et d'avoir trompé son frère, il serait immédiatement allé s'expliquer avec lui.

De toute manière, qu'aurait-elle pu leur dire ? Que Conan avait raison ? Que le matin où il était venu l'avertir de la mort de son mari, il avait découvert qu'elle avait passé la nuit dans l'appartement d'un autre homme ?

Elle frémit à l'idée de leur peine et de leur colère si elle leur avait alors raconté la vérité. Elle en avait été incapable et n'était pas prête à le faire. Elle devait porter sa croix.

— Merci, papa, murmura-t-elle avec reconnaissance avant de raccrocher.

— Alors, qui est cet homme avec qui tu vas passer l'été ? demanda Jodie Fisher à Sienna qui, rentrant de faire quelques courses de dernière minute avant l'arrivée de Conan, venait de la rejoindre sur sa véranda.

— Mon beau-frère… Et je ne passe pas l'été *avec* lui, au sens où tu l'entends, la corrigea-t-elle, tenant à dissiper tout malentendu le concernant avec sa voisine, une blonde à la chevelure exubérante, mère d'un enfant de quatre ans et enceinte du deuxième. En fait, ma belle-mère est malade.

Elle ignorait quel accueil lui réserverait Avril et ressentait un malaise latent. Elle ne le confia pourtant pas à son amie Jodie, qui s'occupait souvent de Daisy lorsqu'elle avait un imprévu comme ce jour-là, mais à qui elle n'avait jamais révélé la nature exacte de ses relations avec la famille de son défunt mari. Cela ne regardait qu'elle. Elle s'était contentée de dire qu'elle les voyait rarement car ils vivaient loin.

— Tu ne me racontes pas d'histoire, n'est-ce pas ?

Jodie détourna soudain son attention et regarda par-dessus l'épaule de Sienna.

— Regarde cette BMW ! C'est lui ? Je donnerais cher pour avoir un beau-frère comme lui !

Jodie était visiblement troublée. Sienna ne comprenait pas pourquoi toutes les femmes perdaient la tête devant Conan, mais en jetant un rapide coup d'œil derrière elle et en l'apercevant au volant de son bolide gris, elle ressentit un étrange fourmillement dans le ventre.

— Ne t'emballe pas, Jodie, l'avertit Sienna. Ma vie n'est pas toujours rose mais je m'en contente. Il ne se passera jamais rien avec le frère de Niall. Il est bien trop arrogant, dominateur et prétentieux… Qu'est-ce qui t'arrive ?

Jodie faisait une drôle de tête, mais comme elle ne répondit pas, Sienna continua :

— Il est trop riche et a un cœur de pierre. Je ne voudrais pas coucher avec Conan Ryder, même s'il était le dernier homme au…

Elle s'interrompit. Les yeux de Jodie roulaient étrangement, à présent. Quand Sienna comprit enfin ce que sa voisine cherchait à lui dire, il était trop tard. Elle sentit ce frisson qui la parcourait chaque fois que Conan Ryder était proche d'elle et entendit sa voix grave tout près de son oreille :

— Ne crains rien. Nous avons assez de chambres en Provence pour ne pas avoir à coucher avec les invités.

Ces mots froids contrastaient avec la chaleur de son souffle sur ses cheveux, caresse involontaire qui la fit frissonner. Mais était-ce réellement involontaire ? se demanda-t-elle, comme son pouls s'accélérait. En effet, elle le croyait capable de tout pour la déstabiliser.

Elle aurait dû le présenter à Jodie mais celle-ci la devança.

— Jodie Fisher, dit-elle en adressant un large sourire à l'homme dont elle apercevait la poitrine virile et bronzée à travers une légère chemise en lin.

Ses joues avaient rosi. Etre heureuse en mariage et enceinte ne retenait pas une femme de chercher à attirer l'attention de Conan, constata Sienna avec désespoir.

— Ravi de faire votre connaissance, Jodie.

Il était le charme personnifié. Sienna se rendit compte que depuis qu'elle le connaissait, il ne lui avait jamais souri de façon aussi chaleureuse. Elle chassa bien vite cette pensée, se persuadant que cela lui était égal.

— Je dois rentrer, maintenant…

Toujours rayonnante, Jodie indiqua à Conan la maison voisine dont la peinture immaculée faisait paraître celle de Sienna bien terne et défraîchie en comparaison.

— Daisy est dans le jardin avec Shadow, continua-t-elle en s'adressant à Sienna. Amusez-vous bien !

Le regard qu'elle adressa à Conan était lourd de sous-entendus mais Sienna ne se laissa pas démonter.

— Tu peux entrer si tu veux, lui dit-elle une fois qu'ils furent seuls. Nous sommes presque prêtes.

Après avoir traversé la minuscule cuisine ils virent Daisy, qui jouait tout en bavardant joyeusement avec son hippopotame rose assis sur une petite chaise. Le chien, allongé à côté, tête dressée, écoutait avec intérêt le babillage de sa petite maîtresse.

— Tu n'es pas inquiète de laisser une enfant de quatre ans avec cet animal ? demanda Conan avec une désapprobation évidente.

— Pourquoi le serais-je ? répliqua Sienna, exaspérée qu'il doute une fois de plus de ses capacités de mère. Cet animal, comme tu l'appelles, est doux comme un agneau !

Elle se retint de lui conseiller de s'occuper de ses affaires, plaqua un sourire et appela Daisy :

— Viens ici, ma puce ! Je veux te présenter quelqu'un.

La petite fille attrapa son hippopotame et courut vers eux.

— Tu te souviens de… M. Ryder ? lui demanda Sienna après une brève hésitation.

« Oncle Conan » ne lui était pas venu spontanément aux lèvres, ce qui était stupide. Il était son oncle, après tout.

La petite fille le regarda avec candeur. Ses yeux noisette l'étudiaient avec un sérieux impressionnant pour son âge.

— Tu es mon papa ? finit-elle par demander.

Daisy n'avait que des souvenirs flous de son père, et Sienna sentit son cœur se serrer.

Conan, stupéfait, s'accroupit et regarda la petite fille qui le fixait de façon si intense.

Elle était le portrait vivant de son frère à quatre ans. Niall avec sa tignasse brillante, son petit corps robuste et son regard sombre et perplexe sur le monde, attendant les réponses de son grand frère…

Il eut l'impression de suffoquer sous le coup de l'émotion mais se ressaisit pour lui répondre :

— Non, Daisy. Je ne suis pas ton papa.

Il tenait les petits bras potelés de sa nièce, et Sienna se surprit à imaginer la douleur que lui et Avril avaient dû éprouver d'être séparés de la petite fille.

— C'est le frère de papa, ton oncle Conan. Tu te souviens que je t'ai dit que nous partions en vacances aujourd'hui ?

Daisy hocha sagement la tête.

— Il est venu nous chercher et va nous emmener voir ta grand-mère.

— Et Shadow ? demanda-t-elle en lançant un coup d'œil vers le chien.

— Il vient avec nous, répondit Sienna d'une voix ferme en relevant le menton en signe de défi à l'intention de Conan.

— Et Hippo ? Je peux l'emmener lui aussi ?

— Bien sûr, la rassura Sienna.

Elle s'aperçut soudain de l'intérêt que semblait porter Conan à la peluche usée et décolorée que Daisy serrait contre elle.

Se souvenait-il de la lui avoir offerte pour son premier anniversaire ? Ce jour-là, il avait aussi apporté une excellente bouteille de champagne pour elle et Niall dont c'était le second anniversaire de mariage.

Niall avait téléphoné peu avant afin de prévenir qu'il ne serait pas à l'heure pour l'anniversaire de Daisy, sans toutefois mentionner le leur. Elle en avait été peinée, et avait trouvé étrange que Conan, lui, s'en soit souvenu. Mais Niall avait déjà beaucoup de soucis et travaillait dur pour sa petite famille. Il était rentré peu après minuit, plein de remords en voyant la bouteille de champagne que Conan avait laissée. Il s'était rattrapé le lendemain avec des fleurs et des chocolats, promettant de ne *jamais plus* oublier…

Malgré le trouble qu'elle ressentait à l'évocation de ces souvenirs, elle remarqua les traits tendus de Conan lorsqu'il reconnut son cadeau. Il s'écarta alors de Daisy et se redressa en demandant :

— Etes-vous enfin prêtes ?

3.

Le voyage vers la Provence se déroula en douceur, sans le moindre heurt. Dans le jet luxueux de Conan, l'équipage avait été aux petits soins, leur offrant rafraîchissements et snacks ainsi que des jeux pour Daisy tandis que Conan travaillait un peu plus loin sur son ordinateur. Shadow avait lui aussi eu droit à un traitement de faveur et avait pu somnoler dans le confortable panier installé à son attention.

Le chauffeur de Conan les attendait à l'arrivée avec une limousine. A présent, ayant laissé derrière eux le béton et la foule, ils roulaient en bordure de la mer scintillante.

C'était un autre monde, pensa Sienna en regardant le paysage. Pins parasols, cyprès et arbustes dissimulaient à la vue des regards indiscrets de somptueuses demeures. Ce lieu, véritable paradis pour milliardaire, était très éloigné de ceux qu'elle avait l'habitude de fréquenter.

La voiture ralentit et le chauffeur déclencha l'ouverture du portail. Ils pénétrèrent alors dans la propriété de Conan et Sienna retint son souffle en découvrant une immense maison blanche surplombant la mer.

Assis à l'avant, Conan conversait avec son chauffeur dans un français remarquable. Il ne lui avait pratiquement pas adressé la parole depuis qu'ils avaient quitté l'aéroport…

Elle était en train d'admirer son profil parfait quand il se retourna. Elle détourna les yeux, décidée à ne jamais lui laisser voir à quel point elle était impressionnée par sa fortune, sa somptueuse maison et… lui-même !

Lorsque la voiture s'arrêta au bout de la longue allée, Daisy s'exclama, tout excitée :

— C'est là que nous allons habiter ?

— Oui, Daisy, répondit Conan avec une assurance qui mit Sienna mal à l'aise.

— Pour toujours ?

— Non, tu t'en lasserais et ta maison finirait par te manquer, répondit-il en riant.

— Non, c'est pas vrai, répliqua la petite fille sûre d'elle. Toi aussi tu vas habiter avec nous ?

Sienna croisa alors le regard de Conan et vit une lueur moqueuse dans ses yeux mordorés. Masquant sa gêne, elle marmonna rapidement à son intention aussi bien qu'à celle de sa fille :

— Seulement pour les vacances, Daisy.

Deux membres du personnel arrivèrent pour s'occuper des bagages et libérer Shadow, tandis que Sienna descendait de voiture avant que Conan n'ait pu en faire le tour pour lui ouvrir la portière. Elle prit la main de Daisy et la serra fermement — peut-être parce qu'elle avait besoin du soutien de sa petite fille pour pénétrer dans le fief de la famille Ryder, pensa-t-elle, nerveuse.

Mais quand, d'un geste vif, la fillette lui lâcha la main et courut attraper celle de Conan, Sienna lui en voulut un peu.

Surpris, Conan se raidit et regarda le petit visage rayonnant levé vers lui.

— Que me vaut ce plaisir ? demanda-t-il à la petite fille.

Soudain intimidée par cet étranger si grand et si sérieux, Daisy continua de marcher à ses côtés mais lui lâcha la main tout en refusant celle que sa mère lui tendait.

— Tu vas devoir t'y habituer, dit Conan à voix basse à l'intention de Sienna. Tu l'as eue suffisamment longtemps pour toi toute seule. A présent, il te faudra partager et accepter qu'elle passe du temps avec nous. Et je te saurais gré de te montrer aimable avec ma mère qui, comme je te l'ai déjà dit, ne va pas très bien.

Cette attitude suffisante irrita Sienna. Elle brûlait d'envie de lui rappeler que c'était elle qui, par le passé, avait dû supporter le dédain et les remarques désobligeantes d'Avril Ryder.

Mais elle choisit de l'ignorer et rappela à l'ordre Shadow, occupé à renifler le pied d'une colonne en marbre au sommet de l'escalier. Elle fut soulagée de le voir obéir.

C'était réconfortant d'ébouriffer sa fourrure, songea-t-elle en lui parlant gentiment et en le mettant en laisse.

Toutefois, dès qu'ils pénétrèrent dans la maison, un employé l'emmena avec lui et elle eut la désagréable impression d'abandonner tout pouvoir à Conan Ryder.

— Ne t'inquiète pas. On va le nourrir correctement, la rassura-t-il, comme s'il avait perçu son objection muette.

— Il a été maltraité avant d'être secouru et a besoin d'attentions particulières. Il dort toujours sur mon lit car il n'aime pas être laissé dans le noir, il aime le thé…

— Pitié… C'est un *chien*, lui rappela Conan, exaspéré.

Elle lui lança un regard sombre. Il était déjà dur et sans pitié avec ses proches. Quelle chance pouvait bien avoir un simple animal avec lui ?

Une jeune femme de chambre répondant au nom de Claudette les accompagna, Daisy et elle, jusqu'à leurs chambres situées au premier étage. Chacune était dotée d'une luxueuse salle de bains attenante. Celle de Daisy, en face de la sienne, était spacieuse, aérée et claire, et Sienna eut l'impression que le mobilier blanc, le couvre-lit et les rideaux à petites fleurs roses avaient été choisis spécialement pour la petite fille.

Un moment plus tard, elles retrouvèrent Conan dans le hall. Daisy s'élança de nouveau vers lui et attrapa sa main.

Conan eut tout d'abord un mouvement de recul, mais la fillette le regarda en riant nerveusement, une lueur de défi dans les yeux. Il se radoucit et lui adressa un léger sourire avant de lancer à Sienna un regard triomphant.

Elle frissonna néanmoins, sentant son pouls s'emballer sous son regard qui s'attardait sur ses épaules dénudées. Pour chasser le trouble qui l'envahissait, elle sortit sur la terrasse prolongée par un jardin surplombant le littoral rocheux.

Avril Ryder était allongée sur un transat, à l'ombre d'une pergola couverte de fleurs exotiques aux senteurs délicieuses. Un plaid posé sur les jambes et un chapeau à large bord recouvrant ses cheveux gris, elle paraissait bien plus mince que dans le souvenir de Sienna.

— Vous voilà enfin, je vous attendais ! s'exclama-t-elle en souriant à Conan qui avait suivi Sienna avant de reporter son attention sur Daisy, toujours pendue à la main de son oncle.

Elle n'avait pas daigné adresser la parole à sa belle-fille, se contentant de la regarder d'un air sévère.

Un sourire chaleureux éclaira soudain son visage très pâle.

— Approche-toi, mon enfant. Laisse-moi te regarder.

Daisy s'élança sans hésiter vers elle et se laissa enlacer par les bras émaciés. Il était normal que Conan soit inquiet, songea Sienna, frappée par la maigreur de la mère de Niall.

— Voici ta grand-mère, Daisy, murmura-t-elle.

— Pourquoi tu portes ce drôle de chapeau ? demanda la petite fille en gloussant.

Sienna se mordit la lèvre, s'attendant à ce que sa belle-mère affiche l'air pincé dont elle se souvenait si bien.

— Pour me protéger du soleil, expliqua-t-elle avec douceur. Il n'est peut-être pas très beau, mais il est pratique.

— Tu vas vraiment être ma grand-mère ? s'enquit Daisy. J'ai toujours voulu en avoir deux, comme mon amie Zoe. Et tu vas m'emmener à la plage comme ma tatie Nanny ?

Sienna aurait juré voir une larme couler derrière les lunettes teintées d'Avril.

— C'est ainsi qu'elle appelle maman, expliqua-t-elle en haussant légèrement les épaules.

A quarante-huit ans, Faith Swann se trouvait bien trop jeune pour être appelée grand-mère

— Et toi, Sienna, comment vas-tu ?

Avril Ryder caressait de ses doigts maigres les douces boucles de Daisy, incapable de détacher ses yeux cernés du visage de l'enfant. Sienna se demanda si elle avait remarqué la ressemblance de Daisy avec son fils défunt.

— Je vais bien, merci, répondit-elle d'une voix hésitante.

Cette femme était bien différente de celle qui lui donnait sans arrêt l'impression d'être indigne de Niall et pour finir l'avait blâmée de ce qui était arrivé à son fils.

— Nous devrions les laisser un moment, tu ne crois pas ?

Sienna se raidit en sentant la main ferme et virile de Conan se poser sur son bras et se retint de lui expliquer qu'elle ne souhaitait pas rester seule avec lui.

— Je n'y vois aucune objection.

— Parfait.

Elle comprit en croisant son regard inquisiteur que sa légère hésitation ne lui avait pas échappé. Il la fit passer devant lui et ils empruntèrent une allée pavée, bordée d'arbustes et baignée de soleil.

— Je ne m'étais pas rendu compte que ta mère était si… fatiguée, hasarda-t-elle. J'espère qu'elle va se remettre.

— Je le souhaite de tout cœur.

Sienna devina à ses traits tendus qu'il était bien plus inquiet qu'il ne voulait le laisser paraître.

— Peut-être que la présence de Daisy va l'aider, offrit-elle, honteuse d'avoir privé la famille de Niall de sa fille.

— Oui… Qu'as-tu fait pendant ces trois ans, Sienna ?

— J'ai été très occupée. Je me suis entraînée, j'ai passé mes diplômes. J'ai aussi rendu visite à mes parents.

— En Espagne.

Elle comprit soudain que ce n'était pas une question. Il s'était renseigné. Elle était la fille d'un simple charpentier — ce que les Ryder lui avaient toujours reproché — qui, de plus, avait ouvert un bar à vin pour les expatriés britanniques sur la Costa del Sol !

— Et qu'est devenu l'homme dont tu partageais l'appartement la nuit où ton mari est mort ? demanda-t-il d'un ton soudain dur. Combien de temps a-t-il fait partie du tableau ?

— Je préfère ne pas en parler, si tu n'y vois pas d'inconvénient, répondit-elle en se détournant.

Il remarqua son profil fier et provocateur, terriblement séduisant, et ressentit ce désir primaire qui l'avait toujours possédé en sa présence.

— Ça ne m'étonne pas.

Sienna avait l'air presque insouciante lorsqu'elle tourna le visage vers lui, une moue très sexy sur ses lèvres d'un rose crémeux. Il éprouva alors une envie terrible de les écraser sous les siennes, de sentir son corps vibrer contre le sien et se censura aussitôt de crainte que l'évidence de ce désir ne devienne visible !

Elle haussa nonchalamment les épaules et la bretelle de sa robe glissa le long de son bras. Elle allait la remettre en place lorsque Conan, incapable de résister à l'invite de sa peau nue, la devança.

— Merci, murmura-t-elle, étourdie par la brusque vague de chaleur qui avait envahi son corps au contact de sa main.

— Quand l'as-tu fait faire ? demanda-t-il en effleurant son tatouage.

— Le jour de mes dix-huit ans.

— Avant d'avoir de la jugeote, répliqua-t-il avec un petit rictus.

Elle ignora résolument ce commentaire. Encore une chose qu'il n'aimait pas chez elle ? Eh bien tant pis !

— Daisy déborde d'énergie, constata-t-elle, désireuse de s'éloigner de lui et de ce jardin trop fleuri. Crois-tu que ce soit une bonne idée de la laisser si longtemps en compagnie d'Avril ?

Tous deux s'étaient arrêtés.

— Tu t'inquiètes du bien-être de ma mère ou du tien, Sienna ? demanda-t-il, ironique.

— Pourquoi devrais-je m'inquiéter de *mon* bien-être ? rétorqua-t-elle, faisant mine de contempler la mer.

— Pourquoi es-tu toujours si nerveuse lorsque tu es seule avec moi ?

— Je n'ai aucune raison de l'être.

— Je n'en suis pas si sûr.

La chaleur sensuelle du soleil sur sa peau était presque insupportable.

— Est-ce parce que je suis le seul à connaître ton secret, Sienna ?

— Quel secret ?

Conan remarqua une trace d'inquiétude dans sa voix. Qu'avait-elle pu cacher d'autre pendant les deux ans et demi où elle avait été mariée à son frère ?

— Je suis peut-être le seul à savoir quel genre de fille tu es.

— Tu *crois* le savoir, le corrigea-t-elle.

Il eut un petit rire.

— Une fille pour qui les prétendues journées de shopping à Londres et les visites de musées n'étaient que prétextes destinés à couvrir une liaison extraconjugale.

Elle allait démentir lorsqu'elle comprit soudain ce qu'il avait voulu dire en affirmant être le seul à savoir.

— Tu n'as jamais partagé tes soupçons avec ta mère ? demanda-t-elle, étonnée. Tu me surprends, Conan, ta discrétion t'honore !

— On ne peut pas en dire autant de ta moralité.

— C'est ce que tu as toujours voulu croire. Tu n'as rien voulu entendre lorsque j'ai cherché à t'expliquer, répliqua-t-elle, le feu aux joues.

— Tu veux dire que ce Timothy Leicester et toi n'étiez que de bons amis ? ricana-t-il. C'est un cliché bien usé.

— Non, nous étions bien plus que ça, Conan.

Elle regarda ses yeux durs et pleins de défi et comprit à sa mâchoire tendue qu'il y avait danger à le provoquer. Il s'agissait pourtant d'un danger bien différent de celui qu'elle avait connu jusqu'alors…

— Je n'ai jamais trompé Niall. Je l'aimais ! s'exclama-t-elle.

— Excuse-moi de douter de ta sincérité.

Ils avaient repris leur promenade et, avec une galanterie surprenante après ces accusations, il s'arrêta pour soulever une branche de laurier-rose qui barrait le chemin.

En passant dessous, Sienna sentit ses cheveux effleurer son bras. Ce contact inattendu lui provoqua un délicieux frisson.

— Pourquoi as-tu toujours évité d'être seule avec moi, Sienna ? demanda-t-il à brûle-pourpoint. Pour limiter les contacts, ainsi que tu l'as toujours fait ?

Vraiment ? Elle n'en avait jamais été consciente.

— C'est tout simple. Je n'apprécie pas ta compagnie, répliqua-t-elle, le cœur battant à tout rompre.

— Tu es sûre que ce n'est pas autre chose qui te dérange ?

Elle n'aurait su dire. Lorsqu'elle était mariée avec son frère, Conan la troublait déjà terriblement. Il émanait de lui une énergie animale qu'elle avait toujours trouvée dérangeante. Tout comme son caractère énigmatique, et son regard vert qui semblait la pénétrer, l'évaluer, la juger et qu'elle essayait toujours d'éviter.

Elle ne pouvait nier qu'au fil de leurs rencontres, elle se sentait de plus en plus mal à l'aise. Soucieuse de retrouver un peu de sérénité, elle murmura :

— Je ne comprends pas de quoi tu parles.

— Vraiment ? Je crois pourtant que tu le sais très bien, affirma-t-il avec un sourire entendu.

Ils s'étaient arrêtés de marcher lorsqu'il lança soudain :

— Je parle de sexe, Sienna.

— De sexe ? s'exclama-t-elle avant d'ajouter avec

un petit rire et une mimique destinés à dissimuler le trouble qui s'était emparé d'elle. Avec toi ?

— Je ne l'aurais pas énoncé aussi clairement, précisa-t-il d'un ton moqueur, ayant remarqué sa confusion. Je parlais d'alchimie, aussi étrange que cela puisse paraître, car l'attirance physique doit s'accompagner d'affection et de respect, ce que tu n'éprouves apparemment pas à mon égard.

— C'est parfait, alors, n'est-ce pas ? rétorqua-t-elle mordante. Il est vrai que je prends plaisir à coucher avec des hommes que je ne peux pas souffrir !

— Ou avec ceux qui t'offrent un luxe suffisant en attendant de trouver mieux.

— Comme je l'ai fait avec Niall, j'imagine ?

— Tu penses peut-être qu'il y a de quoi en être fière, Sienna, mais pas moi. Mon frère était fou de toi.

— Oui, reconnut-elle en fermant les yeux et en serrant les dents pour endiguer le flot d'émotions qui menaçait de la submerger.

Niall *était* en effet fou d'elle. Son amour était presque obsessionnel et sa possessivité parfois étouffante. Manquant d'assurance et souffrant d'un complexe d'infériorité par rapport à Conan, il avait placé sa femme sur un piédestal comme un trophée à exhiber devant l'homme qu'il souhaitait le plus impressionner : son frère aîné.

Conan, perplexe, étudiait les réactions de Sienna. Lui disait-elle la vérité ? Avait-elle réellement aimé Niall ? Se sentait-elle coupable ou y avait-il autre chose ?

— Tu as des remords, Sienna ? demanda-t-il en posant la main sur sa nuque.

Il la vit retenir son souffle et sentit son pouls s'accélérer sous ses doigts.

— Qu'espères-tu ? demanda-t-elle, inquiète, car si Conan avait perçu la réaction instinctive de son corps, elle avait compris pour sa part que c'était d'elle-même qu'elle avait peur. Que je cède pour que tu aies ensuite le plaisir de me laisser tomber ? Cela ne risque pas d'arriver !

Le bourdonnement d'un hors-bord au loin rompit la quiétude du jardin. Plus près d'eux, les feuilles de laurier-rose bruissaient au contact du vent léger.

— Rien n'est impossible, rétorqua-t-il avec un sourire hautain. Et nous savons tous deux que tu n'étais pas insensible à mon charme, même avec deux hommes autour de toi, n'est-ce pas ?

La peur voila soudain son regard.

— Tu n'as vraiment rien compris !

— Ah bon ?

Il faisait allusion à une soirée dansante organisée par la sociéte. Tandis que Niall était au bar en train de boire avec des clients, dans le but de conclure un marché, Conan s'était approché de la table où elle était assise seule et l'avait invitée à danser. Par pure courtoisie, avait-elle alors pensé.

En smoking et nœud papillon, il était particulièrement séduisant et affichait l'air d'un homme qui n'avait pas l'habitude qu'on lui dise non.

Elle se souvint de son bras autour d'elle sur la piste de danse, de la façon dont ses nerfs s'étaient tendus sous la chaleur de sa main, à travers le fin tissu de sa robe.

— Tu as rougi, se rappela Conan en effleurant le contour de ses joues. Tes pupilles étaient dilatées et aucun son ne sortait plus de tes lèvres provocantes…

Chaque mot semblait l'encourager à plus d'intimité et il parcourut le contour du visage de Sienna de ses doigts fins sans qu'elle puisse l'arrêter, fascinée par sa sensualité aussi excitante que dangereuse.

J'étais mal à l'aise avec toi, mais il y avait une raison à cela, pensa-t-elle.

Mais elle ne pouvait rien dire. Soudain, elle se rappela les paroles de Niall :

N'en parle à personne ! Promets-moi que tu ne le diras jamais à personne ! Surtout pas à Conan !

De nouveau, elle se sentit prisonnière de ses émotions, comme elle l'avait été ce jour-là. Mais elle avait fait une promesse qu'elle devait tenir.

Soutenant son regard doré et réprobateur, elle déclara d'un air faussement résigné :

— Tu as deviné. Tu étais peut-être irrésistible à l'époque, Conan, mais plus maintenant.

Il rit en lui soulevant le menton et, notant son trouble, murmura d'une voix suave :

— Vraiment ?

— Ne crains-tu pas que je te saigne à blanc, toi aussi ? ironisa-t-elle en reculant d'un pas peu assuré.

Il se contenta de rire.

— Tu n'y arriverais pas.

Evidemment. Il était bien trop riche pour cela.

Un aboiement suivi d'un éclat de rire enfantin leur parvint de la terrasse. Un répit bienvenu pour Sienna.

— Prends le temps de défaire tes bagages et de t'installer, conseilla Conan en lui indiquant la maison. Mais souviens-toi… tu joues un jeu dangereux, Sienna. Je suis loin d'être aussi naïf que mon frère.

Elle s'éloigna à la hâte, préférant retrouver la compagnie rassurante de Daisy et de Shadow.

4.

Conan leva les yeux de son ordinateur portable pour admirer par la fenêtre de son bureau la scène bien plus intéressante qui se déroulait au bord de la piscine.

Sienna faisait sa séance de gymnastique, vêtue d'une minuscule brassière blanche et d'un short, tandis que Daisy, derrière elle, crayonnait sur son cahier à l'ombre d'un parasol, le chien allongé à ses côtés.

Il remarqua avec un pincement au cœur que sa nièce était robuste, comme son frère. Elle n'aurait jamais la silhouette menue de sa mère mais elle était bien élevée et agréable. Sienna semblait bien s'occuper d'elle.

C'était là un point en sa faveur, reconnut-il, surpris de sentir sa libido se réveiller et son ventre s'enflammer.

Il la regarda bouger en cadence, admira ses jambes minces, musclées et ses petits seins qui pointèrent lorsqu'elle mit les mains derrière la tête pour offrir son visage au soleil. Etait-ce là la seule raison de son émoi ?

Quand la petite fille courut vers elle, Sienna s'assit, sourit et repoussa une mèche de cheveux des yeux de l'enfant. Ce geste tendre lui rappela des moments heureux avec sa mère, du temps où ils n'étaient que tous les deux. Tout avait changé après le mariage d'Avril et la naissance de Niall…

Habitué à refouler ses souvenirs douloureux, il

sauvegarda son travail et ferma l'ordinateur. Depuis leur arrivée, les relations entre sa mère et Sienna avaient été pour le moins tendues, ce qui expliquait la présence de cette dernière au bord de la piscine pendant qu'Avril faisait la sieste dans sa chambre. La jeune femme évitait résolument tout contact avec Avril et passait beaucoup trop de temps seule. Il allait y remédier !

Debout, les jambes écartées, Sienna soulevait de petits haltères depuis un moment qui lui semblait interminable lorsqu'elle aperçut Conan. Il était vêtu d'une chemise de lin blanc dont l'échancrure découvrait quelques poils sombres, ainsi que d'un pantalon de toile claire ajusté qui soulignait ses hanches étroites et ses cuisses musclées. Sa virilité la frappa soudain.

En le voyant, Daisy bondit sur ses pieds et courut vers lui, son livre de coloriages à la main.

Il adressa un sourire hésitant à sa nièce avant de s'accroupir pour regarder ce qu'elle lui montrait. Sienna l'entendit la féliciter puis lui dire quelque chose à voix basse. En voyant la petite fille partit en courant vers la maison, elle sentit son estomac se nouer.

— Emmène le chien avec toi, Daisy, commanda-t-il.

Immédiatement, l'animal la suivit.

Sienna abaissa les bras. Son rythme cardiaque, déjà plus rapide après son entraînement, s'était accéléré à la simple vue de Conan.

— Les gens font-ils toujours ce que tu leur demandes ?

— En général oui…

Elle n'en douta pas un instant. Il lui suffisait de claquer des doigts pour que les gens apparaissent ou disparaissent comme par magie.

— Je croyais que tu travaillais, dit-elle d'une voix qu'elle voulait ferme.

— C'est ce que je faisais, confirma-t-il en s'approchant, mais en te voyant de mon bureau j'ai pensé que tu passais trop de temps seule.

Elle sourit nerveusement.

— Qu'as-tu promis à Daisy pour la convaincre de partir ?

— D'où te vient cette idée ? demanda-t-il avec un sourire ironique.

— Je te crois capable de tout pour parvenir à tes fins.

— Je lui ai simplement dit que Claudette avait fait des gâteaux et que ma mère souhaitait les partager avec elle, expliqua-t-il en riant.

— C'est gentil, répondit Sienna, heureuse que sa fille au moins se rapproche de sa grand-mère.

Quelques pas l'avaient amené encore plus près d'elle et elle retint son souffle.

— Je peux ?

Il attrapa les haltères entre ses mains fines pour les soupeser.

L'espace d'un instant elle imagina, troublée, ces mêmes mains découvrant son corps, le caressant…

— Je ne cherche pas à concurrencer Monsieur Univers, précisa-t-elle d'un ton plus sec qu'elle n'aurait voulu devant son sourire moqueur. Je souhaite juste me maintenir en forme.

Ces poids devaient lui paraître bien légers.

— Je n'en espérais pas moins de toi. Tu es parfaite ainsi.

Elle sentit son regard passer sur les endroits où elle venait d'imaginer ses mains et regretta de ne pas avoir mis de soutien-gorge lorsqu'elle sentit ses seins la trahir et pointer à travers le tissu élastique de son petit haut.

— La dernière fois que je t'ai vue au bord d'une piscine, tu portais un maillot de chez Dior, lui rappela-t-il tout en continuant de détailler son corps. Et tu étais littéralement couverte d'or.

Il était persuadé qu'elle attachait beaucoup d'importance à ses bijoux, à sa voiture et à de nombreux objets qu'elle avait dû vendre, pensa-t-elle, amère, pour payer les dettes laissées par Niall.

— Ce n'était pas moi !

— Ah bon ? s'étonna-t-il en riant, moins chaleureusement pourtant. Je serais pourtant capable de reconnaître ta silhouette entre toutes.

La façon dont il l'observait était troublante. Son regard glissa avec une lenteur délibérée sur ses épaules rondes et ses bras fermes avant se poser, appréciateur, sur ses seins pleins.

— Je veux dire que ce n'était pas…

Comment lui expliquer à quel point elle avait trouvé tous ces bijoux ostentatoires ? Qu'elle ne les avait portés que pour faire plaisir à Niall, qui les lui avait offerts ? Et ce maillot affreusement cher n'était pas ce qu'elle aurait choisi d'acheter, et encore moins de porter !

— J'étais différente à l'époque, Conan, expliqua-t-elle d'une voix rauque. Nous l'étions tous.

Sa bouche sensuelle esquissa une moue de doute tandis qu'il posait les haltères sur l'une des petites tables placées au bord de la piscine.

— Ah oui ? l'interrogea-t-il en reportant toute son attention sur elle. On peut donc changer sa nature ?

— Apparemment, non, répliqua-t-elle, peinée et furieuse de constater qu'il ne changerait jamais d'avis à son sujet. Je n'ai pas envie de poursuivre cette conversation alors que tu es venu dans le seul but de m'agresser !

Elle essaya de passer devant lui mais une table lui

bloquait le chemin et quand elle voulut contourner l'autre, il fit un pas de côté, l'empêchant de passer sous peine de tomber dans la piscine.

— Crois-moi, ce n'était pas là mon intention, se défendit-il, les mains devant la poitrine, paumes vers elle comme pour se protéger de ses attaques verbales.

— Ah bon ? Tu ne manques jamais une occasion de t'en prendre à moi. Tu peux me croire coupable d'adultère si tu veux, mais ce n'est pas moi qui désirais la femme de mon frère ! s'exclama-t-elle avec animosité.

Il se figea sur place.

— Pourrais-tu répéter cela ? demanda-t-il d'une voix basse et menaçante.

Regrettant sa remarque acerbe et désireuse de fuir, elle fit volte-face et plongea dans la piscine.

Elle n'avait parcouru que quelques mètres lorsqu'elle entendit un grand plouf derrière elle, sentit le déplacement de l'eau et, alarmée, se rendit compte que Conan s'était lancé à sa poursuite, tout habillé !

En quelques brasses, elle rejoignit le bord opposé mais Conan arriva derrière elle et, d'une main déterminée, l'obligea à lui faire face.

Ils s'observèrent un long moment, le cœur battant. La chemise de Conan lui collait à la peau et moulait sa poitrine cuivrée. Sienna le regardait, ivre de désir. Elle ne lui avait jamais vu cet air sauvage et indomptable. Quand il inclina la tête vers elle, hypnotisée, elle lui tendit les lèvres.

Conan ignorait ce qu'il avait eu l'intention de faire en se lançant à sa poursuite, mais en assaillant sa douce bouche avide il comprit que c'était inévitable. Il avait trop longtemps refusé de reconnaître son envie d'elle.

Comme il l'attirait contre son corps brûlant de désir, Sienna gémit et s'accrocha désespérément à lui.

Elle détestait cet homme, et pourtant…

Folle de désir, elle se laissa emporter par cette passion intense et nouvelle. Ses mains tremblantes remontèrent le long de son dos et, agrippant ses cheveux ruisselants, elle répondit avec fougue à son baiser passionné.

Elle voulait plus. Elle voulait…

Oh! mon Dieu… Elle laissa échapper un long gémissement. Elle en voulait encore ! Elle voulait toutes les choses folles qu'elle avait imaginé faire avec lui, celles-là mêmes qui l'avaient poussée à lui répondre, quelques instants auparavant. Elle voulait qu'il…

Elle oublia ces pensées lorsqu'elle sentit ses mains encercler sa taille et la soulever. Tout naturellement, elle enroula ses jambes autour de lui.

La serrant davantage encore, il posa sa bouche sur le bout dressé de ses seins pointant à travers le soutien-gorge moulant. Elle tressaillit sous ses caresses et, sentant son sexe durcir contre sa hanche, se mit à onduler doucement. Il lui arracha alors son petit haut et attrapa ses seins lourds de désir.

Une vague de sensations intenses la submergea. Ce désir étrange explosait à présent en mille émotions nouvelles.

Leur récente confrontation et le mépris de Conan lui revinrent alors à l'esprit. Elle comprit que toute cette… folie n'était que du désir, violent et primaire. S'écartant brusquement de lui, elle détourna la tête, incapable d'affronter la dérision qu'elle était sûre de lire dans ses yeux.

— Que se passe-t-il, Sienna ? demanda-t-il d'une voix rauque. Regarde-moi…

Le regard de Conan était sombre, mais dépourvu de toute moquerie. Un léger rictus trahissait sa volonté de rester maître de lui. Et, sous sa chemise qui collait à sa peau de façon terriblement excitante, elle vit sa poitrine se soulever à un rythme soutenu.

— Je ne m'attendais pas non plus à cela, admit-il.

— Vraiment ? ironisa-t-elle, persuadée que l'hostilité restait le seul moyen de ne pas perdre la face. Je pense au contraire que tu souhaitais m'humilier.

Il fronça les sourcils, observant avec attention son air indigné. Ses yeux ressemblaient à deux saphirs sombres et sa bouche était rose et gonflée après l'instant de passion qui les avait possédés tous deux. Malgré toute son expérience, ce désir inassouvi l'avait laissé chancelant.

— Est-ce là ce que tu ressens vraiment ?

— Et toi ? murmura-t-elle.

— Je pense que nous étions tous deux sous tension et avions besoin de décompresser, déclara-t-il, pragmatique.

Etait-ce là tout ce que cela représentait pour lui ? Après tout, qu'avait-elle espéré ? se demanda Sienna. Il était le frère de Niall et l'oncle de Daisy. Rien de plus.

— A présent, si tu veux bien m'excuser… En dépit de mon envie de mener à terme cet agréable interlude, je dois retourner à mon travail.

Malgré son ton moqueur, Conan sut qu'il allait devoir se faire violence, mais il ne pouvait rester et lui donner raison alors qu'il avait toujours repoussé *toute* attirance consciente envers la femme de son frère.

— Sans compter que… je n'ai jamais fait l'amour à une femme en colère, poursuivit-il, et n'ai pas l'intention de commencer aujourd'hui.

Il se hissa alors sur le bord de la piscine.

Comme il s'éloignait, Sienna, chavirée, remarqua sa chemise ruisselante collant à son dos large, faisant ressortir tous ses muscles, et son pantalon de toile qui moulait ses fesses fermes et ses cuisses puissantes. Une douleur aiguë transperça son corps assoiffé de désir.

Que devait-il penser d'elle ? se demanda-t-elle, honteuse tandis qu'elle le regardait à la dérobée ramasser ses mocassins qu'il avait pris le temps d'enlever avant de la poursuivre dans l'eau.

Il était toujours maître de lui, reconnut-elle en admirant la grâce avec laquelle il attrapa une sortie de bain et s'en frotta les cheveux. Tout ce qu'il disait ou faisait était soigneusement réfléchi. C'était un homme de principes, d'une surprenante force de caractère et totalement maître de lui. Se rappelant sa réflexion concernant les femmes en colère, elle sentit sa gorge se serrer : non il ne ferait sans doute pas l'amour à une femme en colère, lui…

— Comment vous sentez-vous aujourd'hui ? demanda Sienna.

Elle prit place dans un fauteuil aux coussins moelleux à côté de sa belle-mère installée à sa place habituelle sur la terrasse. Daisy dormait déjà, épuisée par une journée au grand air et Conan ne s'était pas montré depuis le matin. Elle aurait dû en être soulagée mais son absence, trop ostensible, la troublait.

— Lasse, mais j'imagine que je ne peux guère espérer mieux. Les médecins sont incapables de poser un diagnostic malgré la fortune que leur laisse Conan.

Même le léger haussement d'épaules dont Avril accompagna ce propos semblait lui demander un effort considérable.

— Une gymnastique douce vous ferait peut-être du bien, suggéra Sienna.

Conan lui avait fait comprendre qu'il aurait souhaité voir sa mère prendre un peu d'exercice.

— De la *gymnastique* ? soupira Avril, légèrement moqueuse. De nos jours c'est la réponse à tous les maux, semble-t-il.

Cette critique à peine déguisée de son travail peina Sienna. Mais elle n'était plus la jeune fille timide qui se sentait exclue de la famille de Niall et n'osait donner son avis. Forte de son expérience aussi bien avec des gens jeunes et en bonne santé qu'avec des personnes âgées, elle répondit :

— C'est en effet la solution à de nombreux problèmes.

— Pas aux miens, Sienna. Mais je dois admettre que ton intérêt pour moi me surprend.

Leur ancienne animosité était donc toujours présente et Avril ne faisait même pas mine de la dissimuler.

— Je n'aime pas voir les gens souffrir, expliqua Sienna, surtout lorsque je pense pouvoir les aider.

— Plus rien ne peut m'aider, répondit Avril avec un faible petit rire.

— Je n'y crois pas, répliqua Sienna d'un ton ferme.

Elle savait que la mère de Conan allait sur ses soixante-dix ans et se demanda si c'étaient sa dépression et sa mystérieuse maladie qui la rendaient si fataliste. Niall et sa mère avaient de nombreux points communs. Il avait dans bien des cas affiché la même résignation. Contrairement à Conan, qui faisait toujours preuve de volonté et de courage face à l'adversité. Il est vrai qu'il avait des gènes différents de Niall, n'étant que son demi-frère…

— Tu as pris beaucoup d'assurance, Sienna, constata Avril en l'observant derrière ses lunettes fumées. Tu sembles plus… mûre.

— Par la force des choses, fit remarquer Sienna,

se souvenant de la jeune mariée pleine d'optimisme que Niall avait fait entrer dans sa famille.

— Tu n'étais pas obligée d'élever Daisy seule. Conan m'a dit que tes parents vivent toujours en Espagne et pourtant ils voient leur petite-fille, n'est-ce pas ? s'enquit-elle.

Tandis qu'*elle* en avait été privée.

— Je suis vraiment désolée…

Sienna regarda les fleurs éclatantes qui pendaient de la pergola tout en se demandant comment elle aurait pu faire autrement.

— Des erreurs ont été commises des deux côtés, admit Avril, à la grande surprise de Sienna. Je m'en rends compte, à présent. Tu étais bien trop jeune pour devenir une épouse et une mère. Tu n'étais pas…

Elle laissa sa phrase en suspens comme si elle comprenait qu'il valait mieux ne pas aller trop loin.

— Je n'étais pas la femme que vous auriez choisie pour lui, n'est-ce pas ? avança sèchement Sienna, se souvenant du rejet dont elle avait fait l'objet de la part de cette famille.

— Je suis consciente d'avoir pu te donner cette impression, soupira Avril avant d'ajouter comme si cela pouvait tout excuser : Niall était mon fils.

En dépit de tout ce qui était arrivé, Sienna éprouva une soudaine tendresse pour elle.

Elle préférait ne pas revenir sur le passé. Le souvenir des événements qui avaient poussé cette famille, et Conan en particulier, à la condamner était douloureux et elle en ressentait l'injustice. Elle savait pourtant que *n'importe qui* aurait pensé la même chose d'une mère laissant son enfant malade pour se rendre à une soirée sans même téléphoner pour prendre de ses nouvelles.

Bien pire encore, une mère qui avait délibérément éteint son téléphone mobile !

Elle voyait encore le reproche inscrit dans les yeux vert doré de Conan tandis qu'il l'entraînait tambour battant hors de la soirée. Elle se souvenait de son désespoir et de sa panique en se demandant ce qui était arrivé à Daisy et de ses vaines tentatives pour faire croire au frère de Niall que la petite fille allait bien lorsqu'elle avait quitté la maison.

Il n'avait rien voulu entendre, bien sûr. Qui l'aurait fait ? Tout semblait l'incriminer…

Malade de remords, elle n'arrivait pas à croire qu'elle ait pu se montrer à ce point insouciante. Plus tard, elle avait été reniée par la famille Ryder.

— Si vous aviez été sa femme, Conan ne vous aurait jamais gâtée comme Niall l'a fait. Il a beau être riche, il n'est pas aussi faible que son frère l'était et ne se laisse pas si facilement dominer. Conan vous aurait vite remise dans le droit chemin.

Ce n'était pas nécessaire ! enragea silencieusement Sienna, étonnée cependant qu'Avril parle ainsi de Niall.

— Dieu merci, c'est là une union à laquelle vous n'assisterez jamais ! s'exclama-t-elle avec un sourire forcé.

— Ai-je manqué quelque chose ?

La voix profonde et chaude de Conan fit frissonner Sienna.

Vêtu d'un costume gris clair impeccablement coupé, d'une chemise blanche et d'une cravate gris argent, il traversait la terrasse pour les rejoindre. Il était si séduisant que Sienna en eut le souffle coupé.

— De quoi parliez-vous, toutes les deux ?

Elle sentit l'odeur de son après-rasage dès qu'il arriva près d'elle. Tous ses sens se mirent en alerte et son corps frémit lorsque son regard se posa sur son caraco et sa jupe si féminine. Le cœur battant, elle le regarda droit dans les yeux et répondit :

— De toi.

Conscient qu'elle le défiait, il sourit, moqueur.

— Pour l'amour du ciel, Conan, emmène-la et occupe-toi d'elle avant qu'elle ne me force à faire du jogging ! lui intima Avril.

— Ce ne serait pas une mauvaise idée, après tout, dit-il à sa mère sur le ton de la plaisanterie avant de se tourner vers Sienna et de lui tendre la main, un sourire moqueur aux lèvres : Puisque ma mère me donne sa bénédiction, nous ferions mieux de ne pas la décevoir…

5.

Hypnotisée, Sienna prit la main chaude et ferme qu'il lui tendait. A son contact, elle sentit un délicieux frisson la parcourir.

— Où allons-nous ? demanda-t-elle, sa main toujours dans la sienne alors qu'il l'entraînait vers la Ferrari rouge décapotable stationnée devant la maison.

— Tu verras bien.

— Et Daisy ?

— Elle dort, la rassura-t-il. Tout va bien, je te promets.

Surprise, Sienna comprit qu'il avait dû aller voir sa nièce avant de les rejoindre, elle et Avril, sur la terrasse. Elle fut stupéfaite de se rendre compte qu'elle lui faisait confiance, et qu'elle n'éprouvait pas le besoin d'aller s'en assurer par elle-même.

— Je dois aller récupérer des documents à Cannes, lui expliqua-t-il en faisant ronfler le moteur. J'ai pensé que tu apprécierais de quitter la maison pour quelques heures.

Sentant une douce chaleur se diffuser en elle, elle se ressaisit, consciente du danger que cet homme à la fois sensuel et impitoyable représentait pour elle.

L'air était pur et doux dans les collines recouvertes d'oliviers et de citronniers. Ils traversèrent des villages perchés au-dessus de la mer scintillante.

— Tu viens souvent ici ? demanda-t-elle pour rompre le silence.

— Aussi souvent que possible. J'y passe les longs week-ends, de courtes vacances et pratiquement tout l'été.

Tout en respirant les effluves d'herbes sauvages et de lavande, Sienna répondit :

— Je comprends pourquoi.

Avec sa côte escarpée, ses montagnes, ses cyprès et le bleu spectaculaire du ciel, ce paysage implacable et sauvage lui fit penser à Conan.

— Mes parents ont toujours aimé l'Espagne. Nous y partions camper tous les ans. Nous avons passé des vacances formidables.

— Ça devait être sympathique, remarqua-t-il d'un air distrait.

Evidemment, le camping sur la Costa Brava n'avait rien à voir avec sa villa de milliardaire du sud de la France.

— Et toi ? murmura-t-elle, un peu hésitante mais curieuse d'en apprendre davantage sur lui.

Il n'avait pas toujours été riche, après tout. Niall disait qu'il avait quitté leur maison très jeune et effectué une multitude de petits boulots jusqu'à ce que la chance lui sourie. Il avait tout d'abord fait fortune dans les télécommunications et possédait aujourd'hui des compagnies dans différents domaines allant de la technologie à la haute finance. En tant qu'homme toutefois, il restait une énigme, et l'avait toujours été. Niall et lui avaient des caractères diamétralement opposés.

— Comment ça, moi ?

— Tu passais tes vacances en famille ? demanda-t-elle en regardant ses longues mains brunes posées sur le volant.

— Oui, mais elles n'étaient pas aussi aventureuses que les tiennes, apparemment, admit-il, un peu ironique.

— Niall disait que tu n'as jamais connu ton père ? osa-t-elle.

Elle savait qu'il était un enfant illégitime. Mais peut-être ne souhaitait-il pas en parler ?

— Non, se contenta-t-il de répondre, un peu surpris.

— Et ton beau-père ?

Il avait adopté Conan, alors âgé de quatre ans, et lui avait donné son nom.

— Comment ça, mon beau-père ?

Son ton était pour le moins froid.

— Tu t'entendais bien avec lui ?

— Non.

Les jointures de ses doigts étaient devenues blanches tant il serrait le volant. Il n'appréciait visiblement pas son investigation. Conan Ryder protégeait sa vie privée avec jalousie et n'acceptait que les interviews concernant ses affaires. Il arrivait pourtant que les paparazzi arrivent à le photographier en compagnie d'une femme, comme par exemple avec Petra Flax.

Sienna attrapa son téléphone mobile.

— Je veux juste appeler Daisy, crut-elle devoir expliquer.

Elle devina à ses sourcils relevés ce qu'il pensait : elle ne s'était pas toujours autant souciée de sa fille.

Tout lui revint alors… Ce soir-là, Niall voulait qu'elle l'accompagne à une soirée organisée dans le but de conclure un marché avec un client. Il avait tellement insisté qu'elle avait fini par laisser Daisy avec leur baby-sitter.

Lorsque Conan avait fait irruption dans la soirée quelques heures plus tard, Niall avait disparu. Elle devait découvrir par la suite qu'il s'était éclipsé au casino avec son client, la laissant seule pour affronter la colère de Conan.

Que diable faisait-elle là, lui avait-il demandé, à s'amuser sans se soucier de savoir son enfant malade alors qu'Avril et la baby-sitter étaient aux quatre cents coups ?

Son mobile était branché, avait-elle répliqué, sur la défensive, et elle l'avait même consulté plusieurs fois au cours de la soirée. Pourtant, lorsqu'elle avait voulu vérifier elle s'était rendu compte, choquée, qu'il était éteint. L'opinion déjà négative que Conan avait d'elle s'était encore dégradée.

Plus tard, seul avec elle, Niall avait avoué avoir lui-même éteint son téléphone.

« Je voulais juste que tu te détendes, lui avait-il dit, et à l'époque, elle lui faisait encore confiance. Tu es toujours si inquiète pour Daisy ! De plus, mon téléphone est toujours allumé. » Il l'avait simplement oublié en partant…

Le lendemain, il lui avait offert un cœur en or incrusté de diamants et l'avait suppliée à genoux de lui pardonner de l'avoir mise en si mauvaise posture face à Conan et Avril, lui assurant qu'il n'avait pensé qu'à elle. Le calme revenu et Daisy rétablie, elle avait pardonné. Comme toujours, pensa-t-elle avec amertume. Jusqu'à la dernière fois…

Conan récupéra ses documents dans l'un des prestigieux hôtels de Cannes, pendant que Sienna s'étonnait de voir autant de voitures luxueuses, de boutiques huppées et de gens chic qui les fréquentaient. Mais la foule présente le long de la promenade bordée de palmiers lui permit de comprendre pourquoi Conan avait choisi d'acheter une villa dans la paix et l'isolement de la péninsule et elle lui fit part de cette observation lorsqu'ils furent de nouveau sur la route.

— Je suis heureux que tu approuves, se contenta-t-il de dire.

— Pourquoi fais-tu cela si tu me méprises tant ?

— Doit-il y avoir une raison ? demanda-t-il sans quitter la route des yeux.

— Avec toi, je suis certaine qu'il y en a une.

Elle jeta un regard furtif à son profil viril et à ses larges épaules et sentit son ventre se serrer.

— Cet incident à la piscine a peut-être attisé ma curiosité.

— Que veux-tu dire ? demanda-t-elle d'une voix rauque.

— Je me demande pourquoi deux personnes qui ne semblent pas s'apprécier arrivent à se trouver dans la situation qui était la nôtre hier. Parce que tu sais ce que j'aimerais réellement faire avec toi, n'est-ce pas ?

Elle en avait une petite idée mais refusa de l'admettre. Son cœur battait à tout rompre.

— De me mettre dans le premier avion pour Londres ? biaisa-t-elle.

— Ce serait la chose la plus sensée à faire, admit-il. Dans notre intérêt à tous les deux.

— Qu'est-ce qui te retient ?

— Nous ne sommes pas les seuls concernés.

— Et si nous l'étions ?

— Je t'emmènerais dans mon lit et ne t'en laisserais pas sortir avant que nous ayons assouvi notre désir. Et sais-tu pourquoi il m'est si difficile de m'en empêcher ?

Son cœur s'emballa, elle répondit d'une voix mal assurée :

— J'imagine que tu vas me le dire.

— Parce que je sais que tu le veux aussi.

— Oh ! s'exclama-t-elle en rougissant. Ce n'est pas parce que nous avons échangé un baiser que…

— Il ne s'agissait pas seulement d'un baiser.

Il avait raison, pensa-t-elle. Il s'agissait d'un instant de pure passion, attisée par l'hostilité et le ressentiment et qui avait resurgi avec une force incroyable depuis l'instant même où ils s'étaient retrouvés.

Mais prenant son silence pour un démenti, il se gara soudain sur le bas-côté.

— Que fais-tu ? demanda-t-elle, le cœur bondissant et la gorge serrée tandis qu'il coupait le contact.

— Qu'est-ce que tu crois ? murmura-t-il d'un ton suggestif.

Elle lui lança un regard indigné et il rit doucement.

— Je pensais que tu apprécierais la vue, dit-il à sa grande surprise en ôtant ses lunettes de soleil.

Ils étaient garés sur une colline surplombant la mer scintillante et elle eut l'impression qu'ils étaient seuls au monde. Emue par le chant vespéral des cigales, les fragrances et la beauté tranquille de la nature environnante, elle ne put s'empêcher de lui demander :

— Pourquoi as-tu si mal traité Niall ?

— Pourquoi l'as-tu fait, *toi* ?

Elle ne répondit pas et évita son regard sévère. A quoi cela servirait-il d'en parler, à présent ? Niall était mort. Quoi qu'elle dise, cela ne changerait rien à tout ce qui était arrivé.

— Dois-je interpréter ton silence comme un aveu ?

— Non ! s'exclama-t-elle en se tournant soudain vers lui.

Son sourire cynique indiqua qu'il n'en croyait rien.

— Tu ne savais pas que Niall était au courant de votre liaison, Sienna ?

A ces mots, Conan, surpris, la vit se troubler. Elle semblait même bouleversée.

— C’est impossible. C’est lui qui t’en avait parlé ?

Elle ne put continuer. Elle était accablée. Elle savait que Niall était possessif et manquait d’assurance, mais de là à confier ses doutes à quelqu’un…

— Pourquoi t’aurait-il suspectée si c’était faux ?

— Parce que tout comme toi, il ne pouvait accepter qu’un homme auquel je tenais puisse entretenir avec moi une relation purement amicale, lui lança-t-elle avec amertume.

— *Un homme auquel tu tenais* ? souligna-t-il, ironique.

— Interprète-le comme ça te chante !

— Mon frère n’était pas idiot. Sais-tu même à quel point il était fou de toi ?

— Oui.

— Un homme qui t’aime perd-il de son prestige à tes yeux ?

— Bien sûr que non !

— Alors que faisais-tu ce matin-là dans l’appartement de cet homme si tu n’avais pas de liaison avec lui ?

— Me croirais-tu si je te disais qu’il s’agissait d’une simple visite ?

— Il est évident que tu avais passé la nuit avec lui. Sans compter tes soi-disant journées de shopping avec ta fille comme témoin de cette liaison. Comment veux-tu que je te croie ? Qu’as-tu à répondre ?

Rien. Même si elle souffrait de la suspicion de Conan elle ne pouvait, pas plus que trois ans auparavant, lui expliquer la raison de sa présence chez Timothy Leicester, cette nuit-là. Mais elle pouvait essayer de se défendre sur un point au moins.

— J’ai menti car je ne pouvais pas mentionner le nom de Tim sans faire inutilement de la peine à Niall, offrit-elle.

— Et tu trouves cela surprenant que la présence d'un ex-petit ami puisse déstabiliser un couple ?

— Tim n'était pas mon petit ami !

— Ce n'est pas ce qu'on m'a dit.

— Tu as mené une *enquête* ? murmura-t-elle, sidérée.

Elle ne pouvait croire que Niall ait eu si peu confiance en elle qu'il avait laissé son frère commettre une chose aussi vile.

— De ma propre initiative, déclara froidement Conan. Les voisins, les amis et autres personnes proches de toi et de Leicester ont affirmé que vous formiez un couple. Ils étaient même surpris que vous ne vous soyez pas mariés tant vous sembliez faits l'un pour l'autre. Qu'as-tu à répondre à cela ?

Il était presque moqueur, à présent.

— C'est parce qu'ils voulaient tous nous voir mariés ! Tu n'avais aucun droit de questionner mes amis ou qui que ce soit ! s'exclama-t-elle, rouge de colère.

— J'avais tous les droits vue la façon dont tu te comportais avec mon frère, trancha-t-il. Mais ne t'inquiète pas, personne ne s'est rendu compte de rien. Tu penses toujours pouvoir me convaincre qu'il n'était pas un ex-petit ami ?

— Visiblement, non ! répondit-elle d'un ton brusque en comprenant qu'elle n'avait aucune chance d'y parvenir avec des témoignages aussi accablants. Pense ce que tu veux. Si tu ne me crois pas, c'est ton problème, pas le mien.

Lasse, elle se détourna en soupirant.

C'était pourtant bien son problème car elle commençait juste à comprendre que, bizarrement, ce que Conan Ryder pensait d'elle comptait. Et comptait même beaucoup.

— Tu t'es fié aux apparences et en as tiré tes conclusions, ajouta-t-elle après coup en se retournant vers lui. Cela prouve à quel point tu as l'esprit étroit, en plus d'être sectaire !

— C'est tout ?

Au lieu de la colère à laquelle elle s'attendait après ses accusations, elle vit un sourire se dessiner sur sa bouche sensuelle.

— Je pense que nous partageons ces qualités, Sienna, ce qui explique notre attirance mutuelle.

— Tu ne m'attires pas, mentit-elle de façon éhontée.

— Ah ? Je serais ravi de discuter de cela…

Comme elle était stupide ! Conan adorait les défis. Et sa spontanéité allait la forcer à subir d'autres humiliations. Parce qu'il avait raison : il l'attirait tellement que s'il l'effleurait…

Elle se raidit soudain. Il venait de poser son bras sur le dossier de son siège, tout près de son épaule.

Lorsqu'il se pencha vers elle, elle sentit la chaleur de sa peau contre sa nuque.

— Tu as l'intention de me dominer ? C'est cela ? le défia-t-elle d'une voix tremblante.

Il rit très doucement et elle sentit son souffle contre sa tempe.

— Je ne te crois pas capable d'accepter qu'un homme te traite de la sorte. Tu es bien trop libérée et sûre de toi pour jouer à l'esclave sexuelle soumise. Je te veux comme une égale, Sienna, murmura-t-il d'une voix profonde, si près de son visage qu'elle ferma les yeux afin de ne plus voir ses traits séduisants. C'est ainsi que je veux que tu me désires. Je veux que tu donnes autant que tu reçoives.

Son bras à présent ne la touchait plus mais elle était sous l'emprise de ses paroles, de sa voix et de son odeur si sensuelle.

Elle se mit à penser pour la première fois de sa vie à ce qu'elle aimerait faire à un homme, mais pas n'importe quel homme, lui, et cela éveilla un désir fou en elle.

Elle aurait voulu le dissimuler, mais ses seins dressés la trahissaient. Elle retint son souffle lorsque la main de Conan effleura un téton, si légèrement qu'elle crut l'avoir imaginé.

Ivre de désir, elle inclina la tête vers lui, rêvant de sentir sa bouche sur la sienne.

— Je ne vais pas t'embrasser, Sienna. Tu m'accuserais ensuite de t'avoir forcée, lança-t-il, parfaitement maître de lui.

Imperturbable, il reprit place sur son siège et remit le contact.

— Mais sois au moins honnête avec toi-même, Sienna, lui conseilla-t-il avant de s'engager sur la route.

— Je ne voulais pas ça, murmura-t-elle, humiliée.

Elle se rendit compte alors qu'elle venait d'admettre son désir, si fort qu'il en était douloureux.

— Ne t'inquiète pas, répondit-il d'une voix rauque, en la regardant. Il n'en sera pas toujours ainsi.

Il s'envola le lendemain pour assister à une conférence à Londres. Pendant son absence, Sienna passa des heures tranquilles à profiter de Daisy et à tenter de construire une sorte de paix fragile avec Avril.

Essayant d'oublier le passé, elle lui raconta les moments importants de la vie de sa petite-fille depuis qu'elles s'étaient perdues de vue et elles regardèrent ensemble les photos qu'elle lui avait apportées.

Elle l'emmena même faire une courte promenade, après dîner, dans le merveilleux jardin de la propriété. Les problèmes d'Avril, à son avis, étaient plus que simplement physiques : elle soupçonnait une dépression. De par sa formation et son expérience au club de fitness, elle se permit de lui recommander certains exercices.

En se couchant, ce soir-là, elle s'endormit heureuse avec l'impression d'avoir été utile, mais se réveilla le lendemain, souffrante et affligée d'un terrible mal de tête. Elle pria alors Claudette d'avertir Avril et de s'occuper de Daisy.

Dans l'après-midi, la femme de chambre lui apporta un grand vase en cristal contenant un magnifique bouquet de fleurs.

— C'est *madame* qui vous l'envoie, l'informa-t-elle en posant délicatement le vase sur une table ronde, en face du lit.

Sienna fut surprise et touchée de cette attention.

Sa chambre était au-dessus de la terrasse. Par la fenêtre ouverte, elle entendait la voix douce d'Avril dominée par le joyeux babillage de Daisy. Shadow, en bon chien loyal, dormait roulé en boule au pied de son lit. Bercée par le souffle calme de l'animal, elle se relaxa et finit par s'endormir.

Un bruit soudain lui fit ouvrir les yeux.

Le chien avait aboyé, sur le qui-vive, et elle découvrit Conan dans sa chambre. Il se débarrassa de sa veste, dénoua sa cravate et ouvrit le premier bouton de sa chemise sur sa gorge bronzée.

— On m'a dit que tu ne te sentais pas bien, dit-il sans préambule.

Du fond de son lit, les joues rouges, Sienna fit une petite grimace. Elle avait dû s'assoupir et ne l'avait pas entendu frapper.

— Je suis désolée. Tu es assez occupé sans devoir en plus t'inquiéter de deux femmes malades. Je serai sur pied demain.

Il s'approcha du lit et posa délicatement la main

sur son front. Malgré son état, Sienna sentit son corps réagir à son contact.

— Tu es brûlante, remarqua-t-il en fronçant les sourcils.

— J'ai dû attraper un microbe.

Pourquoi fallait-il qu'elle tombe malade chez lui ?

— As-tu besoin de quelque chose ?

Elle n'avait pas envie de le voir rester auprès d'elle et avait encore moins besoin de sa compassion.

— De me reposer en attendant d'aller mieux.

Heureusement, Daisy entra en courant et sauta sur le lit, dissipant la tension qui s'était emparée de Sienna.

— Maman ! s'exclama la petite fille en lui jetant les bras autour du cou.

— Oui, ma chérie. J'irai mieux dans un jour ou deux, dit-elle en lui caressant les bras. Va avec oncle Conan. Tu ne veux pas être malade toi aussi, n'est-ce pas ?

Daisy redescendit du lit en secouant la tête.

— Emmène-la avec toi, veux-tu ? demanda-t-elle à Conan dont elle venait de croiser le regard.

Il acquiesça tandis que Daisy se précipitait vers lui.

— Maman ne va pas bien, lui expliqua-t-elle en attrapant sa grande main et en le regardant, pleine de confiance.

— Laissons-la se reposer, d'accord ? suggéra-t-il en souriant gentiment à la petite fille.

En entendant la chaleur de sa voix et en voyant la petite main dans la sienne, Sienna sentit soudain sa gorge se serrer.

— Si tu as besoin de quoi que ce soit, dit-il depuis le pas de la porte, appelle Claudette.

Claudette, pas lui…, pensa-t-elle, déçue, tandis qu'il sortait, Daisy sautillant à ses côtés. Shadow décida à son tour de l'abandonner, bondit et se faufila dehors avant que la porte ne se referme.

Daisy revint plus tard lui souhaiter bonne nuit. Avril lui fit apporter du jus de canneberge et transmettre ses souhaits de bon rétablissement mais Conan ne se manifesta pas.

Sienna tâcha d'oublier sa déception. Ses douleurs empiraient et malgré la douceur de la soirée, elle frissonnait. Elle n'arrivait ni à dormir ni à comprendre la froide indifférence de Conan.

Epuisée, elle avala deux comprimés de paracétamol posés à son intention sur sa table de nuit. Alors, seulement, la douleur se calma.

Elle se réveilla en pleine nuit, trempée. Sa nuisette lui collait à la peau et le drap était désagréablement humide et froid. La fièvre cependant avait baissé et la douleur disparu.

Elle sortit du lit et se dirigea vers la salle de bains sans allumer car une lumière venue de la terrasse filtrait à travers la vitre. Mais elle s'éteignit soudain et Sienna se retrouva dans le noir complet, obligée d'avancer à tâtons. C'est alors qu'elle heurta la table sur laquelle Claudette avait posé le vase, qui tomba et se brisa en mille morceaux.

— Oh ! *non* !

Elle cherchait l'interrupteur lorsque la porte s'ouvrit et la lumière du palier inonda sa chambre.

— Que diable se passe-t-il ? s'exclama Conan, debout dans l'embrasure de la porte, à la fois stupéfait et inquiet.

— Je suis désolée, répondit Sienna, paniquée en voyant son regard se diriger vers le vase brisé. Avait-il de la valeur ?

— Ne te préoccupe pas de ça. Que faisais-tu dans le noir ?

Contrariée de lui offrir une vision d'elle aussi épouvantable, elle comprit subitement qu'il devait avoir été prêt à se coucher car il ne portait qu'une chemise déboutonnée sur un caleçon.

En d'autres circonstances, elle n'aurait pu détacher son regard de son torse musclé et bronzé, dont les poils noirs descendaient en pointe sur son ventre plat, et de ses cuisses puissantes. Il était si beau, si viril !

— Je cherchais une chemise de nuit, expliqua-t-elle, grelottante.

— Pour l'amour de Dieu ! s'exclama-t-il.

En deux enjambées il fut près d'elle.

— Enlève-moi ça tout de suite !

Avant qu'elle ne puisse protester, il avait déjà fait passer sa nuisette par-dessus sa tête et elle se retrouva nue devant lui, frissonnante.

— Ce n'est pas le moment de faire des manières, tu vas attraper froid. Tiens, enfile ça, ordonna-t-il en lui tendant sa chemise.

Reconnaissante, elle l'enfila et sentit la chaleur et la douceur du tissu. Sa chemise sentait bon, comme lui. Une odeur citronnée légèrement épicée et musquée…

— Et maintenant, commença-t-il en la prenant par le bras et en la conduisant vers le lit. Remets-toi au…

Il s'arrêta net en repoussant le drap froissé.

— Tu ne peux pas dormir là-dedans !

Il la prit alors dans ses bras et, ignorant ses protestations, la souleva.

— Nous allons devoir te réchauffer.

Elle goûta malgré elle la douce sensation de la chaleur et de la fermeté de son torse tandis qu'il la portait dans le couloir, en direction d'une autre chambre.

La sienne ! comprit-elle, le cœur battant, en découvrant l'immense lit aux draps de satin au beau milieu de cette pièce très masculine.

Il écarta les draps, la déposa sur le lit et se glissa à côté d'elle avant d'attirer son corps frissonnant contre le sien et de refermer les bras autour d'elle.

Elle savait qu'elle aurait dû protester ou opposer une certaine résistance, mais elle avait tellement besoin de lui en cet instant, et son corps était si chaud…

Malgré la fièvre, elle était consciente de la profonde sensualité de ce moment. Elle choisit cependant de repousser la langueur qui s'emparait d'elle et se laissa réconforter par la douce chaleur que Conan lui communiquait. Les frissons disparurent et sa respiration s'apaisa.

Somnolente, elle se sentait soudain… protégée.

Elle s'abandonna alors, confiante, entre ses bras puissants et glissa dans le sommeil.

6.

Elle était seule lorsqu'elle se réveilla.

L'empreinte dans l'oreiller voisin du sien lui rappela qu'elle n'avait pas rêvé : elle était dans la chambre de Conan.

Elle se sentait beaucoup mieux.

Mais où était-il, et où se trouvait Daisy ?

Elle sortit du lit et réalisa soudain qu'elle portait encore la chemise de Conan. Celle qu'il l'avait aidée à enfiler après l'avoir dénudée !

Entendant frapper à la porte, elle se précipita dans le lit et n'eut que le temps de rabattre le drap sur elle avant l'entrée de Claudette.

— Monsieur m'a chargée de vous apporter ceci, déclara-t-elle en posant le plateau du petit déjeuner sur la table basse.

Il y avait un pichet de jus d'oranges et du café dans une cafetière en argent dont l'arôme chatouilla agréablement les narines de Sienna. N'ayant presque rien mangé la veille, elle eut l'eau à la bouche en sentant l'odeur des croissants tout juste sortis du four.

— Claudette, savez-vous où se trouve Daisy ?

— Je n'en suis pas certaine, *madame*, répondit-elle en versant le jus d'oranges dans un verre en cristal. Elle a déjà pris son petit déjeuner avec Mme Ryder et je crois qu'elle est ensuite partie avec M. Ryder.

Stupéfaite, Sienna se demanda comment il avait osé emmener sa fille sans même lui demander son autorisation et ne put s'empêcher de penser qu'il était en train de saboter son rôle de mère.

— Puis-je vous apporter autre chose, *madame* ? demanda Claudette avec obligeance en finissant d'arranger le plateau.

— Non, je vous remercie, répondit Sienna, gênée que Claudette l'ait trouvée dans le lit de Conan. Oh ! si, pourriez-vous m'apporter quelques vêtements ?

Elle rêvait d'une douche mais ne voulait pas prendre le risque d'être aperçue sortant de cette chambre en petite tenue.

— Bien sûr, *madame.*

Claudette revint quelques minutes plus tard avec des sous-vêtements, une chemise et un jean.

— Je vous ai aussi apporté des chaussures, dit-elle en les plaçant au pied du lit où Sienna, assise, tenait le drap bien serré contre elle.

Claudette semblait très à l'aise, comme si elle faisait ce genre de choses régulièrement.

Ce qui était peut-être le cas, pensa Sienna en mordant dans un croissant tiède et croustillant. Imaginer ainsi Conan avec d'autres femmes, comme Petra Flax, la dérangeait au plus haut point.

— Claudette…

Elle aurait voulu justifier sa présence dans cette chambre mais se contenta de hausser les épaules. C'était bien trop compliqué…

Après le départ de la femme de chambre, elle savoura son petit déjeuner et se glissa ensuite dans la salle de bains en marbre vert de Conan. Elle prit une douche puis revêtit son peignoir qui conservait l'odeur évocatrice et troublante de son corps.

Daisy lui manquait et elle se demandait où Conan

avait bien pu l'emmener quand la porte s'ouvrit soudain sur sa fille qui se précipita vers elle.

— Daisy, tu m'as tellement manqué !

Sienna la serra dans ses bras et la couvrit de baisers, émue de retrouver son odeur enfantine et la chaleur de son petit corps.

— J'ai dit à oncle Conan de m'emmener chercher un crayon vert parce que le mien était tout usé et tu dormais et personne voulait m'accompagner, déclara-t-elle d'un trait.

— Ils devaient être très occupés, ma chérie, lui répondit Sienna gentiment tout en tentant de dissimuler sa surprise tandis qu'elle caressait ses doux cheveux châtains.

— Oncle Conan m'a dit de te donner ça, poursuivit la fillette.

Elle lui tendit un bouquet de fleurs colorées.

— Il a dit que tu avais renversé toutes celles que grand-mère t'avait offertes.

— Oh ! merci, mon cœur..., dit-elle en prenant le bouquet qu'elle serrait dans sa petite main.

Ce n'est qu'à cet instant qu'elle remarqua la présence de Conan, appuyé contre le chambranle de la porte.

— Nous sommes venus te voir plus tôt, mais tu dormais, dit-il en avançant vers elles. Je pensais que tu aurais peut-être aimé accompagner Daisy toi-même, mais j'ai préféré te laisser te reposer.

— Merci, murmura Sienna, honteuse de réaliser qu'elle l'avait mal jugé, j'espère que cela ne t'a pas dérangé.

Il haussa les épaules mais ne donna aucune précision. En réalité, lorsqu'il avait dit à la petite fille d'utiliser une autre couleur car sa mère n'était pas suffisamment bien pour l'accompagner, elle avait déclaré en tapant du pied et en pleurnichant que l'herbe ne pouvait être que verte.

— Elle sait manipuler les gens, comme toutes les personnes de son sexe, commenta-t-il, pince-sans-rire.

Ce trait d'humour empêcha Sienna de répliquer vertement.

— Tu as l'air d'aller mieux.

— Oui, merci, murmura-t-elle, se sentant rougir au souvenir de la façon dont il lui avait enlevé sa nuisette et l'avait portée jusqu'ici. Tu as été si gentil !

Il eut un petit rire.

— C'est bien la première fois qu'on me qualifie ainsi !

Il est vrai que l'adjectif « gentil » s'appliquait difficilement à un homme comme lui, pensa Sienna.

Elle reposa Daisy qui s'était mise à gigoter.

— Oncle Conan, tu vas te marier avec maman ? demanda-t-elle en s'élançant, son hippopotame sous le bras, vers celui qu'elle semblait fermement décidée à conquérir.

Horrifiée, Sienna se pétrifia.

— Pourquoi diable me demandes-tu cela ?

— Parce qu'elle est dans *ta* chambre, répliqua-t-elle avec un rapide coup d'œil vers sa mère. Et elle a *ton* peignoir.

Conan à son tour regarda Sienna, et s'exclama comme s'il venait juste de s'en apercevoir :

— Tiens, c'est vrai !

Sienna sentit son regard glisser sur le vêtement trop grand pour elle et un délicieux frisson la parcourut au souvenir du contact de son corps, la veille au soir, lorsqu'il l'avait portée jusqu'ici.

Pourtant, tout habillé, il la perturbait tout autant qu'à demi-nu. En particulier lorsque ses yeux pénétrants la détaillaient comme en cet instant, s'attardant sur ses manches retroussées et la large échancrure de son col qui, elle venait de s'en rendre compte, découvrait sa poitrine. D'un geste vif, elle rapprocha les bords du peignoir.

— Pourquoi ne vas-tu pas montrer à ta grand-mère les crayons que nous venons d'acheter ? suggéra-t-il à sa nièce. Elle serait sûrement heureuse de les voir. Ta mère viendra te rejoindre dès qu'elle sera prête.

Sienna soupira de soulagement lorsque la petite fille obéit et s'éloigna en sautillant.

— Merci, répéta-t-elle en plaçant les fleurs sur la table, impressionnée par le calme imperturbable avec lequel il avait accueilli les remarques de l'enfant.

— Il n'y a pas de quoi.

Il sourit avec tant de sensualité que Sienna se sentit fondre.

— Est-ce qu'elle emporte toujours cet hippopotame ?

— Elle refuse de s'en séparer, murmura-t-elle sans réfléchir, soudain nerveuse d'être seule avec lui.

Il fronça les sourcils et la regarda intensément comme s'il sondait son âme et comprenait qu'elle n'avait pas voulu lui dire cela. Car ce simple cadeau fait à sa nièce pour son premier anniversaire avait éclipsé tous ses autres jouets.

Au début, elle l'avait à peine regardé. Mais, après la mort de Niall, elle ne l'avait plus quitté. Elle dormait avec et l'emmenait partout où elle allait, comme s'il représentait tout l'amour, le soutien et la consolation dont l'absence de son père la privait. Mais Sienna ne pouvait se résoudre à avouer cela à Conan.

Elle haussa les épaules et ajouta :

— Tu connais les enfants. Ils passent par différentes phases, n'est-ce pas ?

— Non, je l'ignore, répondit-il d'un ton étonnamment froid. Je n'en ai jamais eu.

Elle préféra s'abstenir de lui demander pourquoi.

— Je vais m'habiller et te laisser à tes occupations, murmura-t-elle en se dirigeant vers le fauteuil sur lequel Claudette avait déposé ses vêtements.

— Prends ton temps.

Elle le regarda, de dos, fouiller dans un tiroir, devinant sous son costume ses larges épaules, sa taille fine et ses jambes interminables. Ces mêmes jambes qui avaient réchauffé les siennes dans le lit. Très consciente de ce contact malgré sa fièvre, elle avait su qu'en toutes autres circonstances elle aurait été incapable de rester allongée entre ses bras rassurants sans se tourner vers lui…

Et il lui aurait fait l'amour.

Elle attrapa ses vêtements et sentit une étrange douceur l'envahir à ce souvenir. Conan s'était montré attentionné, inquiet et soucieux de son bien-être, sans toutefois pouvoir dissimuler la preuve évidente de son désir.

Elle semblait l'insupporter et pourtant il l'avait gardée dans ses bras toute la nuit…

Désirant comprendre, elle posa la question qui la taraudait.

— Pourquoi n'as-tu pas aidé Niall quand il te l'a demandé ?

Le claquement du tiroir rompit le silence qui s'ensuivit.

— J'avais mes raisons.

— Lesquelles ? insista Sienna en le suivant des yeux tandis qu'il traversait la chambre vers sa garde-robe. Une raison assez bonne pour t'empêcher d'aider ton propre frère qui s'était inévitablement endetté ?

— Inévitablement ? s'étonna-t-il en lui lançant un regard moqueur.

Sienna se tendit. Il pensait qu'*elle* était responsable de tout ou presque.

— D'accord, dit-il d'une voix âpre en sortant un

cintre de son armoire. Si tu veux savoir la vérité : je l'ai aidé.

— Vraiment ?

— Du moins, j'ai essayé.

— Que veux-tu dire ?

— D'où crois-tu que venait l'argent de ta belle maison, Sienna ? De ses investissements ? Et des prêts ?

— Mais je pensais…

— Tu pensais quoi ? demanda-t-il en jetant le cintre sur une chaise et en enlevant sa veste. Que j'avais laissé tomber mon propre frère ?

— Mais Niall disait…

— J'imagine ce qu'il disait et ce que suggéraient les apparences. J'ai dû passer pour un salaud sans cœur.

C'était le terme exact employé par Niall.

— Pourquoi m'aurait-il menti ?

— Parce que je lui ai effectivement opposé un refus…, précisa-t-il, plus tard.

— Pourquoi ?

— Je te préviens, Sienna, tu ne vas pas apprécier.

— C'était à cause de moi ?

Il ne répondit pas mais son silence était éloquent.

— J'en avais assez de financer votre style de vie parce que Niall n'avait pas le courage de le réduire.

— C'est faux ! Je ne lui demandais jamais rien. La voiture, les vêtements, tous les cadeaux hors de prix, c'est lui qui les achetait.

Rien n'avait été trop beau pour elle, se souvint-elle avec émotion. Elle avait pourtant cherché à le dissuader de dépenser des sommes aussi importantes.

— Niall travaillait beaucoup, rappela-t-elle à Conan.

Et c'était vrai, il utilisait le charme inné des Ryder pour mener à bien les négociations avec ses clients, mettant tout en œuvre pour devenir aussi riche, respecté et couronné de succès que Conan. Elle éprouvait parfois de la peine de le voir se battre de la sorte.

— Il dépensait beaucoup plus qu'il n'en gagnait, Sienna.

— Et comme tu croyais que c'était à cause de moi, tu as décidé de cesser de l'aider…

A la voir si affectée, il aurait aimé croire qu'elle disait la vérité et ignorait la réelle situation de son mari. Mais de toute façon, elle restait une tricheuse…

— Quand j'ai fini par lui tendre la main, il a refusé de me parler, l'informa-t-il.

Ce souvenir le minait. Leurs vies et leurs caractères étaient différents, mais il y avait toujours eu un lien indestructible entre eux.

— J'ai insisté, je l'ai appelé à plusieurs reprises mais il m'a affirmé s'être débrouillé seul.

C'était vrai. Il avait hypothéqué la maison payée par Conan, contracté des emprunts aux intérêts énormes dont elle s'était subitement retrouvée responsable. Et tout cela pour quoi ?

— Pourquoi ne m'en as-tu pas parlé avant ?

— Qu'est-ce que cela aurait changé ? demanda-t-il d'un ton résigné. Je t'aurais sauvée aux dépens de mon frère ?

Ce frère qu'il s'était toujours senti obligé de protéger parce qu'il avait très tôt pris conscience de ses faiblesses.

— Protéger une épouse éplorée qui se consolait dans les bras d'un autre homme ? Quelle ironie !

— Ce n'était pas le cas, dit-elle d'un ton las.

— Non, bien sûr que non !

Il eut un petit rire sardonique. Il refusait de la croire.

— Sans compter, poursuivit-il, que Niall n'aurait pas apprécié que tu saches que je le soutenais financièrement.

— Pourquoi m'en parles-tu donc maintenant ?

Il avança alors d'un pas décidé et s'arrêta à quelques centimètres d'elle.

— Je pense que tu sais pourquoi…

Oh! oui! Il était si proche, son regard doré et son parfum l'hypnotisaient.

Elle lui laissa prendre les vêtements qu'elle avait toujours dans les bras et les jeter dans le fauteuil. Comme il ne la quittait pas des yeux, elle se demanda s'il entendait les battements de son cœur.

Elle se sentit défaillir lorsqu'il posa la main sur sa nuque pour l'attirer à lui. Elle ferma les yeux et, renversant la tête, lui offrit ses lèvres.

Il l'embrassa avec douceur, moins avidement que l'autre fois, dans la piscine. Mise en confiance, elle glissa les bras autour de son cou, folle de désir.

Il l'enlaça et glissant les mains sous son peignoir, lui empoigna les hanches et la serra contre lui. Elle sentit son sexe dur à travers ses vêtements et ne put s'empêcher d'onduler contre lui. Chaque mouvement déclenchait en elle des ondes de plaisir de plus en plus fortes. Avec un petit soupir, elle se cambra et lui présenta ses seins, dont les bouts durcis réclamaient son attention.

Conan, comprenant l'invitation muette, posa les lèvres sur sa poitrine et en taquina la peau soyeuse avant de les prendre en coupe entre ses mains. Il les admira un long moment, comme s'ils étaient extrêmement précieux, désireux de la faire patienter, de l'entendre le supplier… Puis, il inclina la tête et goûta leur bout sensible avant d'en explorer l'aréole de la langue.

Elle sentait son souffle sur la pointe brûlante de ses seins et son plaisir ne faisait que croître sous ses caresses lentes, expertes et terriblement érotiques.

Mais elle voulait plus…

Elle le désirait, comme elle n'avait jamais désiré

aucun homme. Il ne l'aimait pas mais elle se ferait aimer de lui, elle s'en fit le serment. Tout ce qui comptait en cet instant était leur désir réciproque. Quand elle pressa les hanches contre son sexe durci, il laissa échapper un gémissement.

Avide de sentir son corps mince et chaud nu contre le sien, elle tenta de déboutonner sa chemise de soie fine, mais il plaqua une main sur les siennes et murmura, les yeux brillants de désir :

— Tu n'es pas encore rétablie.

Sans ajouter un mot, il la souleva, l'emporta dans ses bras et l'allongea sur le grand lit comme il l'avait fait la nuit précédente. Il caressa longuement des yeux son corps nu qui s'offrait à lui avant de se redresser et de s'éloigner.

Luttant pour contrôler sa frustration, elle le vit attraper le téléphone sur la table de nuit.

Comment pouvait-il songer à passer un coup de fil en un moment pareil ? L'avait-il taquinée, excitée simplement pour éteindre le feu qu'il avait allumé en elle ? Pourquoi ? Parce qu'elle ne lui plaisait pas ? pensa-t-elle, désespérée, ou par vengeance, parce qu'elle n'avait pas réussi à le convaincre que Timothy n'était pas son amant ?

— Oui, c'est moi, annonça-t-il, et elle comprit alors qu'il parlait sur le téléphone interne de la maison. Garde Daisy avec toi un instant, veux-tu ?

Il raccrocha.

Allongée sur le lit, son corps rendu plus voluptueux encore par l'écrin que formait le peignoir autour d'elle, Sienna le regarda traverser la pièce à grands pas et verrouiller la porte. Son cœur alors fit un bond.

— A présent, murmura-t-il en se tournant vers elle, vas-tu me convaincre que tu es guérie ?

7.

En traversant la pièce, Conan sentit son sexe tendre le tissu de son pantalon.

Il regarda Sienna, allongée sur le lit, les jambes repliées sur le côté. Le peignoir ne lui couvrait que les bras et le bord d'une épaule, encadrant les courbes douces de son corps délicieux. Elle était tout à fait consciente de la vision tentante qu'elle lui offrait. Dans le cas contraire, elle allait vite le découvrir, décida-t-il comme un désir intense s'emparait de lui.

Debout au-dessus d'elle, il prit le temps d'admirer sa peau claire et soyeuse. Sa poitrine se soulevait et s'abaissait de plus en plus vite et les bouts roses de ses seins portaient encore la trace de ses lèvres. Il réprima le besoin terrible de les caresser, préférant faire monter le plaisir ainsi décuplé.

Soudain gênée par son regard, elle tenta de remonter les genoux et protesta faiblement lorsqu'il prit chacun de ses pieds menus dans une main, la fit basculer et l'attira vers lui, avant de se poster debout entre ses jambes. Son corps était si attirant que les palpitations de son bas-ventre se firent presque insupportables. Il regarda ses seins pleins, sa taille si fine et son ventre plat. Ses yeux s'attardèrent sur le triangle soyeux qui protégeait le havre secret de sa féminité, avant de remonter, et il contempla, heureux, son visage qui avait rosi.

Quand elle tenta de ramener le peignoir sur elle, il se pencha et lui emprisonna les mains avant de poursuivre sa découverte. En l'entendant gémir, il comprit qu'elle était aussi excitée que lui.

Son frère l'avait-il autant désirée ? Ce corps et cette bouche séduisante l'avaient-ils rendu aussi fou de désir que lui-même, en cet instant, alors qu'il anticipait le moment où elle allait s'abandonner ? se demanda-t-il en effleurant de l'index sa lèvre inférieure.

Tout en faisant glisser son doigt entre ses seins, il se demanda s'il l'avait autant désirée cinq ans plus tôt, lorsqu'il avait fait sa connaissance, et si c'était la raison pour laquelle il s'était tenu à distance d'elle et avait refusé de croire Niall qui la soupçonnait d'avoir une liaison…

Lorsqu'il avait découvert cette liaison, à la mort de son frère, il en avait été profondément troublé.

D'un geste vif, il arracha sa cravate et la jeta sur le côté avant de déboutonner sa chemise. A présent qu'elle s'offrait à lui, il savait qu'il courait lui aussi le risque de succomber à son charme. Mais il était plus fort que Niall et avait assez d'expérience pour éviter cela. Par accord tacite, elle était à lui, maintenant, et il pouvait faire d'elle ce qu'il voulait.

Il la prendrait, encore et encore, jusqu'à ce qu'elle en hurle de plaisir et lui demande grâce tandis qu'il les conduirait tous deux à l'extase. Puis il la quitterait et elle comprendrait alors quel effet cela faisait d'être utilisé, humilié, trompé…

*
* *

Alors que Conan s'allongeait auprès d'elle, Sienna l'aida maladroitement à enlever sa chemise. Elle se demanda l'espace d'un instant comment les femmes plus expérimentées, comme Petra Flax, se comporteraient dans une telle situation.

Mais la fermeté de son corps gainé de velours chassa ses pensées négatives. Il était avec elle, et même si elle ne devait avoir que l'été avec lui, elle s'en contenterait.

— Conan, souffla-t-elle.

Son nom vibra sur ses lèvres, telle une prière, et une sensation grisante s'empara d'elle. Elle était une des rares privilégiées autorisées à le prononcer dans l'intimité.

Une parmi d'autres, pensa-t-elle avec un pincement au cœur à l'idée de toutes celles qui avaient partagé des moments inoubliables avec lui. Mais mieux valait ne pas y songer…

Elle voulait découvrir son corps avec ses mains et sa bouche. Avec délices, elle parcourut des lèvres son bras musclé et ses doigts caressèrent la fine toison qui recouvrait sa poitrine bronzée.

— Allonge-toi…

Il obéit, aux anges.

Elle le regarda alors qu'il reposait sur le dos les yeux fermés, un léger sourire aux lèvres. Puis, délicatement, elle posa le bout de la langue sur sa poitrine et descendit le long de la ligne sombre de poils qui disparaissait sous la ceinture de son pantalon, savourant son odeur musquée ainsi que le goût salé de sa peau, attentive à son souffle qui s'accélérait.

— As-tu l'intention de te déshabiller ? suggéra-t-elle tout en bataillant avec sa ceinture.

— J'espérais que tu t'en chargerais, répondit-il d'une voix sensuelle en lui rendant son sourire.

Une excitation particulière s'empara d'elle.

Elle pouvait faire de lui ce qu'elle voulait. Cet homme intimidant était à elle, pour cette nuit du moins. Elle avait l'impression d'être une enfant venant de recevoir un cadeau magnifique et ne sachant encore qu'en faire. Elle avait pourtant été mariée deux ans et demi avec Niall, mais celui-ci ne l'avait jamais encouragée à prendre des initiatives lorsqu'ils faisaient l'amour. Il voulait toujours garder le contrôle. Il la voulait soumise lorsqu'il se perdait en elle. L'idolâtrant, l'adorant, la dominant…

Chassant ce souvenir, les doigts tremblants, elle fit descendre la fermeture du pantalon tendu par son érection.

— Tu vas devoir m'aider…

— Vraiment ? Tu me déçois, se moqua-t-il tout en ôtant lui-même son pantalon.

— Allonge-toi, ordonna-t-elle, le cœur battant.

Il ne portait plus qu'un slip noir contenant à peine sa virilité.

Sienna passa tendrement la main sur le renflement sombre de la partie la plus intime de son anatomie, et l'entendit gémir de plaisir.

— Je vais t'apprendre à te moquer de moi, souffla-t-elle, prenant plaisir à ce jeu sensuel nouveau et excitant pour elle.

— Je t'en prie, venge-toi, murmura-t-il en souriant, feignant la soumission.

Conan, docile ? Elle faillit rire de cette incongruité, sachant que sa force et sa puissance pouvaient resurgir en un instant.

Elle ferma les yeux et, un peu nerveuse, caressa du bout des doigts son sexe chaud et durci. Enhardie par sa réaction, elle baissa la tête pour le goûter.

Au contact de ses lèvres, un violent frisson le parcourut. Jamais elle n'aurait pensé que faire cela à un homme puisse lui procurer, à elle, un tel plaisir, mais le corps de Conan l'excitait au plus haut point. Mais, novice en un jeu aussi intime et craignant de paraître inexpérimentée face à un homme capable de telles prouesses, elle ne put se retenir de murmurer :

— Je n'ai jamais fait ça avant.

Ou plutôt, elle n'avait jamais voulu le faire, se rappela-t-elle sans oser le regarder.

Elle le sentit frissonner.

— Regarde-moi, lui intima-t-il d'une voix grave.

Quand elle leva les yeux et rencontra les siens, Conan fut surpris d'y lire de la gêne. Il sut alors qu'elle disait la vérité. Ainsi, elle n'avait jamais offert ce plaisir à un homme… Surpris, il songea avec une certaine perversité qu'il lui restait au moins une chose à lui apprendre.

Mais il attrapa sa main posée sur son ventre et dit :

— Ce n'est peut-être pas le moment.

Ce ne le sera peut-être jamais, pensa Sienna. Si elle n'arrivait pas à le satisfaire, il risquait de ne plus vouloir d'elle dans son lit.

Elle déposa une nuée de baisers aériens le long de son ventre ferme, suivant de la langue les endroits où ses lèvres se posaient, glissant vers ses hanches où soudain sa peau lisse faisait place à une fine ligne de chair légèrement boursouflée…

— D'où vient cette cicatrice ?

Ces cicatrices, corrigea-t-elle en silence, remarquant qu'il y en avait plusieurs autres plus petites, plus haut.

Elle sentit la tension envahir soudain son corps puissant.

— Disons que j'ai eu des mots avec un de nos amis de la gente canine, commenta-t-il sans émotion apparente.

— Tu veux dire que ce sont des morsures de chien ?

Comment est-ce arrivé, et quand ? demanda Sienna, horrifiée en caressant du doigt sa chair comme pour effacer ce souvenir.

— Je me suis trouvé en un endroit où je n'aurais pas dû être et l'ai payé cher.

Par deux fois, se souvint-il tristement. Il ne savait pas ce qui avait été le pire : la violente attaque du doberman, ou celle de son beau-père…

— C'était il y a très longtemps.

Oui, très longtemps, mais il en conservait les cicatrices aussi bien physiques que morales, songea-t-il en serrant les dents. Ce souvenir associé à la douloureuse prise de conscience de ce qu'il était en train de faire avec la veuve de son frère lui fit l'effet d'une douche froide.

— Conan ?

La douce voix de Sienna suffit à lui rendre sa vigueur.

Et pourquoi pas ? se demanda-t-il sans pitié avant de l'attirer contre lui avec la souplesse d'un chat, la faisant rouler jusqu'à ce qu'elle soit sous lui. Si quelqu'un était capable de l'aider à effacer le passé, c'était elle. Aussi bizarre que cela puisse paraître, elle possédait le pouvoir de l'exciter comme aucune autre femme ne l'avait fait auparavant.

Elle gémit de plaisir sous le poids de son corps et sa bouche s'entrouvrit sous la sienne en un baiser passionné.

Il parcourut des lèvres sa peau soyeuse jusqu'aux rondeurs excitantes de ses seins. Blotti contre eux, il éprouva l'envie de déverser ses émotions refoulées, de trouver du réconfort dans la douce chaleur de sa féminité. Mais comment pourrait-elle compatir aux tourments de son enfance ? Ou même comprendre les démons qui le hantaient ?

Il se dressa soudain sur ses coudes et la regarda.

Ses yeux magnifiques brillaient de désir, mais de la sueur perlait à ses tempes et une rougeur inhabituelle colorait sa peau délicate.

Qu'était-il en train de faire ? Elle avait l'air à la fois fragile et folle de désir, et ne comprenait pas que, pour lui, tout cela ne représentait guère plus qu'un acte de vengeance destiné à lui faire payer la manière dont elle avait traité son frère. Et à apaiser sa propre conscience, lui qui avait sa part de responsabilité dans la conduite irresponsable de son frère. Comment osait-il profiter d'elle, dans ces conditions — et alors qu'elle n'était pas tout à fait rétablie ?

— Je pense que tu ferais mieux de t'habiller, lui conseilla-t-il en se levant et en attrapant ses vêtements. J'avais raison, ce n'est pas une bonne idée…

Puis, sans ajouter un mot, il quitta la chambre.

Une fois seule, Sienna, blessée dans son orgueil, incrimina son incapacité à le satisfaire. C'était tout ce qu'elle méritait pour avoir imaginé arriver à le séduire et l'avoir laissé prendre de telles libertés avec son corps ! Seule sa vulnérabilité pouvait expliquer son inconscience. Elle savait ce qu'il pensait d'elle et cela n'avait rien de flatteur ! Même si son opinion à son égard avait changé depuis la veille, a priori il ne partageait pas ses vues. A la fois furieuse contre elle-même et infiniment frustrée, elle se promit de ne plus céder, à l'avenir, à l'élan qui la poussait vers lui.

Un peu plus tard, toujours gênée par le souvenir des privautés qu'elle s'était autorisée à partager avec Conan, et ne le voyant pas dans les parages, Sienna descendit dans le jardin et trouva Daisy fort occupée à aider le jardinier.

Elle fit quelques pas et aperçut Avril, coiffée de son habituel chapeau, occupée à tailler un arbuste.

Après s'être enquise de sa santé et l'avoir remerciée pour les fleurs qu'elle lui avait envoyées la veille, elle fut surprise de la voir poser son sécateur pour l'inviter à prendre un verre de jus d'oranges avec elle à l'ombre de la pergola.

— J'ai cru comprendre qu'un léger incident s'était produit la nuit dernière ? fit-elle remarquer tout en lui tendant un verre.

Avril était donc au courant, comprit Sienna, qui se sentit rougir. Qui de Conan ou Claudette le lui avait dit ? Savait-elle que la veuve de son plus jeune fils avait passé la nuit et une bonne partie de la matinée dans le lit de son fils aîné ?

— Oui, je suis désolée d'avoir fait tomber le vase, répondit-elle d'un ton contrit. Avait-il beaucoup de valeur ?

— Pas vraiment. C'était un cadeau de fiançailles de mon mari.

— Mon Dieu ! Je suis navrée.

— Ce n'est pas grave. Ce n'était pas mon préféré et je suis d'ailleurs étonnée qu'il ait survécu si longtemps.

Sienna la trouva étrangement blasée pour quelqu'un qui venait de perdre un objet auquel elle tenait, mais songea que sa belle-mère voulait lui épargner de la gêne.

— Je ne peux remplacer sa valeur sentimentale, mais pourrais-je au moins vous en offrir un autre ? proposa-t-elle.

— Ne sois pas stupide ! la réprimanda gentiment Avril. Tu viens de le dire : il est irremplaçable.

Surprise, Sienna sentit alors la main d'Avril se poser sur la sienne.

— D'ailleurs, si j'en veux un autre, Conan se fera un plaisir de me l'acheter, dit-elle d'un ton un peu mélancolique avant d'ajouter en souriant : Il me donne tout ce dont j'ai besoin.

A la simple mention du nom de Conan, Sienna sentit de nouveau le rouge lui monter aux joues et un frisson la parcourir.

— Conan est un bon fils.

Sienna vit Avril soulever un sourcil et comprit, consternée, qu'elle avait remarqué sa fébrilité.

— N'imagine pas pouvoir gagner son cœur, Sienna. De nombreuses femmes bien plus volontaires et sophistiquées que toi ont essayé en vain.

— Peut-être n'a-t-il pas encore trouvé la femme idéale, répondit-elle sans réfléchir, mais en voyant Avril hausser plus encore le sourcil, elle ajouta : Ne vous inquiétez pas, je ne vous prendrai pas un autre fils.

— J'ai perdu Conan il y a bien longtemps, tu sais, murmura Avril. Je pense que c'est la raison pour laquelle je ne t'ai pas acceptée aussi facilement que je l'aurais dû, Sienna. Je ne supportais pas l'idée de perdre un autre fils.

C'était pourtant ce qui était arrivé, pensa Sienna, stupéfaite de cet aveu. Elle se retint de lui dire que seule son attitude distante l'avait empêchée de gagner une fille.

— Que voulez-vous dire par perdu ? demanda-t-elle, désireuse de mieux comprendre. Je vous croyais tous deux très…

— Proches ? l'interrompit Avril avec un petit rire triste. Nous affichons un front uni. Nous avons toujours été doués pour ça dans cette famille.

Elle avait l'air amer. Elle prit une gorgée de jus d'orange, tourna la tête et sembla étudier les roses parfumées sur le treillis de la pergola.

— Je l'ai laissé tomber, Sienna, et je me le reprocherai toute ma vie.

— Que voulez-vous dire ? s'enquit Sienna, perplexe.

Avril secoua lentement la tête comme pour chasser une image douloureuse.

— Vous pouvez pourtant être fière, la rassura Sienna en souriant, c'est un homme sûr de lui, couronné de succès, équilibré et… fiable.

Avril la regarda d'un air entendu.

— Hmm… tu sembles le tenir en grande estime.

Sienna rougit brusquement. Elle ne voulait pas qu'Avril devine à quel point Conan la touchait, et dans l'espoir de la distraire, elle lança sans réfléchir :

— D'où lui viennent ses cicatrices ?

— Ses cicatrices ? demanda Avril, surprise.

Si elle ignorait jusque-là leur degré d'intimité, elle était désormais renseignée : Sienna ne pouvait que l'avoir vu nu !

— Il ne t'a rien dit ? demanda Avril avec méfiance.

— Il m'a parlé de morsures de chien. Car il se trouvait en un lieu où il n'aurait pas dû être.

— Oui, de nuit sur un terrain privé, clos et sécurisé où Niall s'était aventuré malgré ses mises en garde. Ce qui était imprudent ou interdit attirait toujours Niall…

C'était ainsi qu'était survenu le terrible accident et Sienna devina au léger tremblement de la voix d'Avril qu'elle y pensait aussi.

— Il n'écoutait rien, continua Avril. Il avait douze ans à l'époque et Conan seize, mais il a fallu qu'il teste l'autorité de son frère et mette leurs vies en danger. Car, bien sûr, dès que Conan a entendu les aboiements des chiens et les cris de son frère, il a volé à son secours sans penser à sa propre sécurité. Il a trouvé Niall, tenu en respect par l'un des chiens. C'est alors que l'autre…

Elle se tut soudain et Sienna, devinant la suite, comprit alors pourquoi il avait eu l'air si tendu lorsque

Shadow lui avait bondi dessus chez elle et quand Jodie avait laissé Daisy seule dans le jardin avec le chien.

— Il a passé quelques jours à l'hôpital, reprit Avril. Et tous deux s'en sont sortis avec un avertissement car ils n'avaient commis aucune bêtise auparavant. Mon mari était un homme très droit et respecté dans notre communauté, et l'affaire en serait restée là s'il n'avait pas décidé d'aller au fond des choses. Niall a eu trop peur de dire la vérité, et Conan a refusé d'abandonner son frère à la colère de son père. Tu sais, Sienna, mon mari était un homme très intimidant. Il a fait payer Conan. Du moins, il a essayé. Il s'en prenait toujours à lui, sauf quand il a été assez grand et fort pour ne plus l'accepter. Il est parti au printemps suivant et je ne l'ai plus revu pendant des années, jusqu'à la mort de mon mari. J'imagine que tu es au courant, Conan n'était pas son fils mais le fruit d'une rencontre d'une nuit avec un jeune pilote pendant des vacances à Jersey. J'étais insouciante, irresponsable et, le temps de quelques heures, follement amoureuse, ou du moins est-ce ce que je croyais. Je ne connaissais même pas son nom de famille…

» Conan et moi étions très proches. Mais, après notre mariage et la naissance de Niall, mon mari s'est montré très jaloux de lui. Il s'en prenait sans cesse à cet enfant, qui ne parvenait jamais à trouver grâce à ses yeux. Il le provoquait sans cesse, le rabaissait. Je suppose que c'est ma faute, car j'aimais trop mon fils aîné. Conan n'a jamais rien dit, mais je sais qu'il m'en veut de ne pas avoir réagi. J'aurais pu l'éloigner de son beau-père, divorcer, mais en dépit de tout je crois que j'aimais encore mon mari. De toute façon, j'avais peur que ce soit ma parole contre la sienne et qu'il obtienne la garde de Niall. Cette idée m'était insupportable. Alors j'ai sacrifié le bien-être de Conan pour l'amour de son frère, et je comprends qu'il m'en veuille car je ne me le pardonnerai jamais moi-même…

Abasourdie et aussi troublée qu'elle, Sienna la regarda. Avril n'avait certainement pas eu l'intention de s'épancher, mais une fois que la souffrance accumulée au cours de sa vie s'était libérée, elle avait été incapable de la contenir.

— Le temps est peut-être venu que vous vous pardonniez, suggéra-t-elle en posant une main sur les siennes. Je suis sûre qu'il ne vous blâme pas, sinon il ne se ferait pas autant de souci pour vous. Et Dieu sait s'il s'en fait !

— Tu es bien perspicace et sensible, tu sais…

Le visage tourmenté d'Avril s'éclaira alors d'un sourire chaleureux et Sienna devina combien elle avait dû être belle.

— Je n'aurais jamais pensé pouvoir un jour t'ouvrir mon cœur, ni même que tu essaierais de m'aider. Or, grâce à toi, je me sens mieux ces derniers jours, physiquement et moralement. C'est pourquoi je voudrais t'aider à mon tour. Je sais que tu as un faible pour Conan, il est inutile de le nier, dit-elle avec un petit sourire lorsque Sienna tenta de protester. C'est normal, toutes les femmes sont à ses pieds. Mais si tu jettes ton dévolu sur lui, tu risques de souffrir une fois de plus. Il a un caractère trop fort pour toi, Sienna, et je préfère te dire qu'il a déjà une femme dans sa vie…

Sienna n'eut même pas besoin de lui demander qui, elle le savait déjà : Petra Flax.

Prétextant l'envie de retrouver sa fille, Sienna prit congé d'Avril. Elle avait besoin d'être au calme pour assimiler cette information.

En traversant le jardin aux senteurs délicieuses, elle tenta de se persuader que seule sa récente maladie était responsable de sa soudaine lassitude…

8.

Conan se réveilla tremblant et en sueur. Il crut avoir attrapé le virus de Sienna avant de se rendre compte qu'un rêve était responsable de ce malaise.

Amener Sienna chez lui avait ravivé beaucoup de souvenirs. Entre autres, l'intensité de son désir pour elle et la culpabilité qui l'avait accompagnée…

Il se leva et enfila son peignoir qui, nota-t-il, portait encore l'odeur de Sienna. Il descendit silencieusement sans prendre la peine d'allumer la lumière, perdu dans ses pensées. Sa timidité l'avait surpris, autant que ses propres scrupules d'ailleurs : elle s'était offerte à lui et il l'avait repoussée. A ce souvenir il sentit un désir familier le torturer de nouveau. Pourquoi avait-il agi de la sorte ?

Soudain, il aperçut le chien qui, visiblement, l'avait suivi jusque dans la cuisine et le fixait.

Une vision alors s'imposa à lui : des crocs blancs sur les babines retroussées d'une bête qui, jaillissant de l'obscurité, refermait ses mâchoires sur lui… Puis une douleur fulgurante accompagnée d'une peur panique, indicible…

Il chassa cette vision et reprit ses esprits.

— Tu es toujours là où on ne te veut pas, lança-t-il au chien tout en ouvrant le réfrigérateur.

Il prit une bouteille d'eau minérale et alla s'asseoir sur la banquette en rotin adossée à un mur.

Amener Sienna chez lui ne lui avait pas apaisé l'esprit. Il n'était pas très fier de l'animosité qu'il nourrissait toujours envers elle, ni du désir qu'elle éveillait en lui.

Shadow trottina jusqu'à lui et vint poser le museau sur son genou. Conan, qui s'était mis en alerte, tendit la main avec précaution et ébouriffa son pelage étrangement doux et chaud. Cela lui offrit un réconfort inattendu.

— On fait la paire tous les deux, n'est-ce pas ? murmura-t-il tout en se détendant et en se découvrant une étrange affinité avec l'animal.

Puis, comme un bruit parvenait à ses oreilles, il leva les yeux et aperçut Sienna, debout contre la porte.

— Je vous dérange ? murmura-t-elle, surprise et amusée de le voir caresser Shadow. Vous préférez que je vous laisse en tête à tête ?

Elle portait un peignoir court, ceinturé sur une nuisette assortie qui laissait voir le doux mouvement de ses seins tandis qu'elle avançait.

— Qu'est-ce que vous avez, tous les deux ? demanda Conan avec un sourire. Vous ne pouvez pas voir un homme seul sans avoir envie d'envahir son intimité ?

— J'ai entendu du bruit et je suis allée voir si Daisy allait bien. Puis voyant que Shadow était parti, je suis descendue à sa recherche. Mais si tu penses que…

— Reste…

Cet ordre prononcé d'une voix profonde et grave lui fit tourner la tête alors qu'elle était sur le point de ressortir.

— Je croyais que…

— Les femmes ne sont pas les seules à dire le contraire de ce qu'elles pensent, assena-t-il avec un rictus moqueur.

— Ou de ce que les hommes *croient* qu'elles pensent ! répliqua-t-elle. Ce qui est différent.

— J'en suis bien conscient.

Elle en était certaine. Son intuition lui disait que Conan Ryder était un homme qui devait respecter les femmes aussi sûrement qu'il savait leur donner du plaisir. A la pensée du petit aperçu qu'elle en avait eu dans son lit, son pouls s'accéléra.

— Es-tu en train de me demander de rester ?

— Je t'en prie.

Elle ignora son invitation muette à le rejoindre sur la banquette.

Au lieu de cela, elle s'appuya contre la table qui se dressait au centre de la pièce.

— Veux-tu boire quelque chose ? demanda-t-il.

Sienna secoua la tête. Elle avait la bouche sèche, mais ce n'était pas de l'eau que son corps torturé réclamait à grands cris.

Conan renversa la tête contre les coussins de la banquette et ferma les yeux. Il avait l'air las, tendu et semblait souffrir de la chaleur. Sienna entrevit alors une vulnérabilité surprenante derrière la façade réservée qu'il offrait au monde.

Il était tout ce dont une femme pouvait rêver, mais Sienna se souvint de ce qu'Avril lui avait dit et murmura :

— Qu'est-ce qui ne va pas ?

Il ouvrit les yeux et fixa sur elle son regard troublant.

— Pourquoi penses-tu cela ? Me connais-tu si bien que tu peux percevoir chaque nuance de mon humeur et de mon caractère ?

— Je ne pense pas qu'une femme puisse un jour te connaître aussi bien, Conan.

— Tu me trouves si profond ? demanda-t-il, l'air pensif.

— Je sais que tu l'es.

— Et te sens-tu qualifiée pour sonder ces profondeurs ?

— J'ignorais que des qualifications étaient exigées…

— Ça y est, je t'ai vexée.

— Mais pas du tout !

— Vraiment ?

Elle trouva le regard de Conan pénétrant et bien trop perspicace.

— Il en faut plus que ça pour me vexer, Conan.

Sa voix était mal assurée mais il n'aurait su dire si elle était furieuse ou émue. Quand elle se pencha, il aperçut le doux renflement de ses seins au-dessus de sa nuisette et comprit en cet instant qu'il la désirait plus qu'il n'avait jamais désiré aucune femme.

— Pourquoi me regardes-tu ainsi ? demanda-t-il.

Elle hésita, cherchant le courage de formuler ce qu'elle avait à lui dire.

— C'est juste que…

Elle s'arrêta, consciente qu'une invisible barrière les séparait.

— Avril m'a raconté ce qui était arrivé lorsque ce chien t'a attaqué. Elle m'a parlé de ton père aussi. Enfin… ton beau-père, et de ce qui s'est produit ensuite.

— Que t'a-t-elle dit ? demanda Conan, un éclair de colère dans les yeux. Qu'il me brutalisait psychologiquement et physiquement ? Qu'il m'a offert un toit et un nom respectable pour me le faire payer ensuite au centuple ?

Son amertume si palpable lui fit mal et elle sentit une intense émotion s'emparer d'elle. Elle était malheureuse de ne savoir comment adoucir sa souffrance.

— Je suis désolée…

Ces mots semblaient banals face à la profondeur de ce qu'elle ressentait ; bouleversée, elle dut s'interrompre un instant avant de pouvoir poursuivre.

— Ta mère a l'impression de t'avoir laissé tomber en restant avec lui et en tolérant la façon dont il te traitait par peur de perdre la garde de ton frère. La culpabilité la hante, Conan.

— Vraiment ? T'a-t-elle dit aussi qu'il la brutalisait chaque fois qu'elle prenait mon parti ? Un avocat soi-disant respecté, un notable, railla-t-il avec une grimace de dégoût. Il l'a brutalisée jusqu'au jour où j'ai été assez âgé pour prendre les choses en main et lui casser la figure !

Sienna se sentit pâlir, incapable d'imaginer qu'un homme comme Conan puisse être poussé à bout au point de perdre ainsi son sang-froid.

— Je vois qu'elle ne t'a pas raconté cela, dit-il en voyant le choc et l'incrédulité inscrits sur son visage. Elle ne voulait pas le quitter, alors c'est moi qui suis parti car sinon, je crois que j'aurais été capable de le tuer. Je voyais ma mère souffrir et Niall toujours pris entre deux feux, c'était insupportable…

Il se souvenait de son frère, tremblant et en pleurs, et de ses promesses sincères d'avouer ses fautes pour ne plus jamais lui attirer d'ennuis.

— Après mon départ, mon beau-père a enfin eu ce qu'il voulait : sa femme et son propre fils pour lui tout seul, et à partir de là, la paix a régné dans la maison. J'étais semble-t-il la cause de tous les problèmes de mon beau-père, la source de sa jalousie…

Horrifiée, Sienna frissonna, avant de se redresser pour lui caresser la joue du bout des doigts.

— Je suis désolée, dit-elle, la gorge nouée.

— C'est pour ça que tu me regardes ainsi ? Par pitié ?

Il fut frappé alors de constater que pour la première fois de sa vie, il mettait son âme à nu. Il se sentit mal à l'aise, exposé et vulnérable.

— Certainement pas. La pitié ne servirait à rien

et serait même insultante, répondit-elle en posant les mains sur ses larges épaules, étonnée que ce corps puissant dissimule autant d'angoisse.

Il lui adressa un sourire chaleureux cette fois et indubitablement sensuel, puis lui prit la main et posa les lèvres à l'intérieur de son poignet. Le cœur de Sienna bondit.

— Réponse habile…, murmura-t-il d'une voix suave.

Hypnotisée, elle murmura :

— Je ne cherche pas à être habile, Conan.

Quand leurs yeux se rencontrèrent, il passa le bras autour de sa taille et la serra doucement contre lui.

Il était très tendre et c'était ce dont elle avait le plus besoin. Il prit son visage entre ses mains et mêla sa langue à la sienne tandis que, soutenant ses reins d'un bras, il la renversait avec douceur et s'allongeait au-dessus d'elle, sur la table.

— Oh ! Conan…

Elle le désirait, comprit-elle en cet instant, depuis cette soirée où il l'avait prise dans ses bras pour danser, même si elle avait toujours refusé de le reconnaître…

— Chut, lui intima-t-il en couvrant de baisers son visage et sa gorge.

Puis il posa sa bouche sur ses lèvres brûlantes et l'embrassa sensuellement. Sienna gémit de plaisir.

— Attends, murmura-t-il. Ta place est dans mon lit, Sienna. Pas ici, même si le risque d'être découverts a son charme.

Comment savait-il que l'idée venait de lui traverser l'esprit et que cela ne l'aurait pas dérangée que le monde entier sache que cet homme était à elle ?

Cela signifiait-il… qu'elle l'aimait ? se demanda-t-elle, troublée, alors qu'il la soulevait comme une plume et la portait dans l'escalier.

Avait-il deviné ses sentiments, son besoin désespéré

d'être près de lui ? Son corps la trahissait, songea-t-elle désespérée, et l'empêchait d'écouter les mises en garde d'Avril.

Il entra dans sa chambre et la déposa sur son immense lit.

— Ça devient une habitude, dit-il avec une pointe d'amusement.

N'écoutant plus que son désir, elle tendit la main vers lui alors qu'il se glissait à côté d'elle, et s'aperçut qu'il s'était déjà débarrassé de son peignoir.

— Aime-moi, murmura-t-elle en l'attirant vers son corps assoiffé et prêt à un abandon qu'elle savait n'avoir jamais accordé à Niall.

Puis les lèvres de Conan, ses mains et son corps mêlé au sien lui firent tout oublier et elle s'abandonna aux merveilleuses sensations qu'il lui procurait.

Il adora son corps jusqu'à ce qu'elle demande grâce. Il la prit alors et, ensemble, ils atteignirent le septième ciel.

Submergée par l'émotion, Sienna posa la tête sur sa poitrine et éclata en sanglots.

— Je suis désolée…

Honteuse, elle essaya de se lever mais il la retint.

— Qu'y a-t-il ? demanda Conan, l'air vraiment inquiet.

Sienna secoua la tête, incapable de répondre. Elle ne pouvait pas lui dire que faire l'amour avec lui avait été la plus belle expérience de sa vie et qu'elle pensait être en train de tomber amoureuse, même si elle savait que ce n'était pas réciproque. Elle essaya de se ressaisir et de retrouver un semblant de dignité.

— Tu pleures toujours après avoir fait l'amour ? lui demanda-t-il, surpris et quelque peu amusé.

— C'est fréquent chez les femmes, non ? l'interrogea-t-elle dans l'espoir de changer de sujet.

— Pas que je sache.

Elle sourit.

— Alors ce doit être l'effet que tu as sur moi.

— Visiblement, oui…

Etait-elle en train de lui dire que cela ne lui était arrivé avec aucun homme auparavant ? Avant même de pouvoir se retenir, il lui demanda :

— Que s'est-il passé entre mon frère et toi ?

D'abord elle se tut. Certaines choses étaient trop personnelles pour être partagées.

— Nous avions des problèmes, admit-elle en s'asseyant. Nous nous disputions sans cesse à la fin.

— A propos de quoi ?

— Je ne sais plus, dit-elle en haussant les épaules, de l'argent, de Daisy, de sa consommation d'alcool.

— Sienna ?

Le dos tendu et rigide, elle semblait mener un douloureux combat intérieur.

Il posa une main sur son épaule, doucement mais fermement, et elle le laissa la ramener dans la douce chaleur de ses bras.

— Son travail, son rôle de père, ses dettes. Je pense que tout cela était trop pour lui, murmura-t-elle d'une voix lointaine. Et il travaillait si fort. Il se démenait…

Pour rivaliser avec toi, ajouta-t-elle pour elle-même.

— Nous avions même cessé de faire l'amour. Je pensais que c'était ma faute, que la maternité m'avait rendue peu séduisante.

Incrédule, Conan rit doucement.

— Tu plaisantes ? Tu étais épanouie pendant ta grossesse, et crois-moi, cela n'a pas changé.

Il ne lui dit pas combien il avait envié son frère par moments.

— J'avais envie de toi, Sienna.

Il la vit rougir et ajouta :

— Et c'était réciproque, n'est-ce pas ?

Il se souvint alors de cette soirée dansante, et du désir qui l'avait poussé vers elle. Mais était-elle attirée par *lui* ou bien aurait-elle pu désirer n'importe quel homme afin d'oublier sa frustration ?

— Dis-moi la vérité.

Il avait soudain impérativement besoin de savoir.

— Tu m'impressionnais, c'est tout, mentit-elle en se rasseyant.

Il n'était pas question de lui avouer ce qu'elle avait ressenti ce soir-là dans ses bras car elle venait seulement de le comprendre elle-même. Et parce que… elle s'en sentait incapable.

— Et je sais que tu refuses de l'accepter, insista-t-elle en rencontrant son regard, mais je n'ai jamais trompé ton frère.

Il ferma les yeux, cachant ce qu'il pensait et elle vit sa poitrine se soulever et s'abaisser lourdement.

Elle voulait l'entendre dire qu'il la croyait et sut soudain qu'elle *devait* lui expliquer.

— La mère de Tim et mon père sont cousins éloignés et nos deux familles ont toujours été très proches. Lorsque Tim a eu dix-sept ans, ses parents sont partis vivre en Espagne et il est venu habiter chez nous. Nous faisions partie du même groupe de copains, sortions et allions au cinéma ensemble. Il était mon ami d'enfance et le frère que je n'ai jamais eu. Lorsque mes parents, à leur tour, ont décidé de partir en Espagne, j'ai pris un appartement et ils m'ont demandé de garder un œil sur lui. Il n'y a jamais eu quoi que ce soit de romantique entre nous, insista-t-elle dans l'espoir de le convaincre.

Parce que Timothy Leicester n'avait d'yeux que pour Angie Thompson. Angie l'avait ignoré à l'école et au lycée mais peu avant d'entrer à l'université elle avait enfin compris qu'il était le garçon le plus adorable au monde.

— Je m'occupais de lui comme d'un frère et sa petite amie était une vraie sœur pour moi jusqu'à ce qu'elle parte au Brésil pour sauver la forêt tropicale. Quand tu es arrivé chez Tim, ce matin-là, pour me dire ce qui était arrivé à Niall, je sais ce que tu as pu penser mais tu n'as pas voulu m'écouter.

Déjà convaincu de sa culpabilité par les détectives qu'il avait engagés, il avait de plus aperçu un grand lit aux draps froissés dans une chambre jonchée de vêtements masculins.

— Angie était déjà au Brésil et Tim devait partir la rejoindre, mais…

Elle marqua une pause, soudain incapable de prononcer les mots qui l'innocenteraient. Au lieu de cela, elle annonça :

— Je voulais juste le voir avant son départ. Lorsque je suis arrivée avec Daisy et ai décidé de dormir chez lui, il nous a donné sa chambre et est allé dormir sur le canapé. Je l'avais replié après son départ pour le travail. J'ai essayé de t'expliquer, mais j'étais trop bouleversée par l'annonce de la mort de Niall pour être cohérente et réussir à te convaincre. Tu me terrifiais…

Il hocha lentement la tête. La croyait-il ou était-il soulagé qu'elle se soit enfin expliquée ?

— Et à présent, Sienna, est-ce que je t'impressionne *maintenant* ?

Elle fut déçue qu'il ne lui dise pas qu'il la croyait, mais après tout, elle ne lui avait pas tout révélé… Et il avait prononcé les derniers mots d'une voix si sensuelle qu'elle sentit son corps s'éveiller et le désir monter de nouveau.

— Non, je t'ai amenée exactement là où je te

voulais, murmura-t-elle, provocante, en s'approchant tout près de lui.

Elle parcourut alors son corps de baisers. De la langue, elle suivit la ligne de poils sur sa poitrine jusqu'à son ventre plat. Elle effleura du doigt les cicatrices de cet homme qui avait eu le courage de prendre la défense de son jeune frère. Elle sentit ses sentiments pour lui grandir et dut lutter pour les étouffer.

Elle comprenait à présent pourquoi, après ce qu'il avait subi avec ce beau-père froid et brutal, il l'avait menacée de lui enlever Daisy autrefois et s'était opposé à voir un autre homme entrer dans sa vie et celle de sa nièce.

Désirant l'apaiser plus qu'elle n'aurait pu le faire avec des mots, elle posa les lèvres à l'endroit le plus intime de son anatomie. Enhardie par ses gémissements et ses soupirs, elle lui offrit le plaisir qu'elle avait souhaité lui donner le matin où elle s'était réveillée dans son lit. Et elle le rendit fou d'elle jusqu'à ce qu'il perde tout contrôle et se rende face au pouvoir de sa féminité.

9.

Une période de jours heureux s'ensuivit pour Sienna. Consciente de vivre un bonheur éphémère, elle s'autorisait à profiter de chaque instant avec Conan. Ils étaient insatiables et elle découvrit que Conan pouvait se montrer extrêmement passionné. Souvent incapables d'attendre de satisfaire leur désir dévorant et sachant Daisy en sécurité avec Claudette ou Avril, ils s'éclipsaient, tels des amants coupables, vers un endroit isolé de la propriété ou sur son yacht ancré dans la baie. Il lui faisait alors l'amour avec urgence et fougue, sans longs préliminaires. Savoir qu'il la désirait tout autant qu'elle le désirait l'enivrait, et tous deux connaissaient dans les bras l'un de l'autre des orgasmes dévastateurs.

Mais, lorsqu'ils étaient seuls au monde dans le calme de la nuit, il prenait tout son temps pour éveiller ses sens avec virtuosité et la rendre ivre de désir jusqu'à ce que, tremblante, elle le supplie et demande grâce. Il lui offrait alors de multiples orgasmes avant de s'abandonner et se perdre dans le havre brûlant et exquis de son corps.

Le matin, Sienna avait du mal à dissimuler ses yeux brillants et ses joues rosies tandis que son corps insatiable réclamait sans cesse plus d'amour. Elle se demandait comment leur relation arrivait à passer inaperçue.

Conan, lui, parvenait à rester parfaitement naturel et à garder une distance convenable avec Sienna, que ce soit en présence d'Avril ou lors des repas d'affaires auxquels il l'emmenait. Il réussissait toutefois souvent à lui lancer à la dérobée un regard sensuel jusqu'à ce que, brûlants de désir, ils saisissent la première occasion et se retrouvent pour une étreinte brève et torride, d'autant plus excitante qu'elle était clandestine.

Mais en présence d'autres personnes, il ne la touchait pas. Il se contentait de lui donner la main pour descendre de son yacht ou pour se relever sur la plage. Claudette voyait, elle, tous les signes de leurs ébats dans la chambre de Conan, mais le respect qu'elle portait à son employeur et le généreux salaire qu'il lui versait la retenaient de divulguer leur liaison.

Car il s'agissait bien d'une liaison. Même aveuglée par l'amour, Sienna en était consciente. Elle savait que cela prendrait fin un jour, que sa relation avec Conan deviendrait alors délicate, surtout maintenant qu'elle avait promis d'amener Daisy voir les Ryder aussi souvent que son travail le lui permettrait.

Avril n'était pourtant pas dupe et le lui avait fait comprendre de manière assez directe.

— J'espère, pour notre salut à tous, que tu as réfléchi à ce que tu es en train de faire, Sienna.

Sienna avait senti le rouge lui monter aux joues.

— Je ne ferai rien qui vous empêche de nouveau de voir Daisy, avait-elle promis, un peu tremblante.

Avril avait bien meilleure mine qu'à leur arrivée. Elle avait pris des couleurs, devenait plus forte de jour en jour et accomplissait désormais diverses tâches sans se fatiguer. C'était dû au léger programme d'exercices que Sienna lui avait concocté, mais surtout au fait que sa petite-fille avait donné un nouveau sens à sa vie.

Sienna savait qu'elle ferait mieux de mettre un terme

à sa liaison avec Conan, mais elle n'y parvenait pas. Elle n'avait plus aucun contrôle sur la situation.

Elle savait à présent qu'elle était amoureuse de lui depuis longtemps, même si elle ne l'avait compris que lors de leur première nuit ensemble, en écoutant le récit de son enfance malheureuse. Elle avait alors compati et lui avait offert toute sa tendresse dans l'espoir d'adoucir le souvenir des traitements cruels et du rejet de son beau-père.

Son enfance était probablement à l'origine de sa détermination et de son caractère d'acier, mais il avait aussi hérité des qualités de son père biologique, plus que de celles d'Avril, qui avait plutôt tendance à se laisser porter par la vie.

Conan ne laissait personne pénétrer son intimité. Malgré les avertissements de sa belle-mère, Sienna s'était pourtant laissée aller à l'aimer et à caresser l'espoir qu'un jour il baisserait la garde… Comment diable avait-elle pu se mettre dans une telle situation ?

Langoureusement allongée nue sur le lit, un bras passé derrière la tête, Sienna regardait Conan revenir, un plateau à la main, de la cuisine où il était allé leur chercher un en-cas.

Ils avaient fait l'amour pendant des heures et étaient affamés.

— Qu'est-ce que je te sers ? demanda-t-il.

— Toi, souffla-t-elle d'une voix sensuelle, trouvant très érotique d'être nue devant lui, qui s'était rhabillé.

— Tu n'es jamais rassasiée, n'est-ce pas ? murmura-t-il, les yeux brillants, en lui tendant un verre de vin.

— Je n'y peux rien, c'est ta faute, Conan Ryder !

Elle le regardait par-dessus le verre qu'elle avait posé entre ses deux seins.

Comme il sentait son corps s'enflammer, il se demanda comment son frère avait pu cesser de la désirer.

— Ne fais pas ça…

Elle avait incliné le verre et passait la langue sur le bord tout en le regardant d'un air coquin.

— Pourquoi donc ?

— Parce que si tu n'arrêtes pas immédiatement, je vais faire quelque chose dont je risque de ne pas être très fier.

— Comme m'envoyer au lit sans dîner ? minauda-t-elle en glissant dans le lit, consciente de l'exciter davantage encore. C'est ainsi que tu traites les vilaines filles qui se conduisent mal ?

— Sienna…

L'ignorant, elle ondula, la base du verre toujours posée entre ses seins.

— Si tu renverses ce…

Le ton de Conan laissait prévoir de délicieuses représailles.

— Oh ! mon Dieu ! s'exclama-t-elle en se mordant la lèvre d'un air contrit. Je risque de tacher tes beaux draps !

Elle retint son souffle quand il lui enleva prestement le verre des mains.

— Sienna… Il faut que nous parlions, annonça-t-il d'un ton très sérieux.

Mais Sienna n'avait nulle envie de choses sérieuses en cet instant.

— Nous *sommes* en train de parler, souffla-t-elle en baissant ingénument les cils.

Ils prenaient l'avion pour Londres le lendemain. Alors, allait-il lui dire que leur romance était terminée ? Que pouvait-il lui dire d'autre ? Il ne s'agissait d'ailleurs pas d'une romance, mais de la rencontre d'un homme et d'une femme dévorés par le besoin d'accomplir la chose la plus naturelle qui soit. Et si la nature avait vraiment repris ses droits, elle serait déjà tombée enceinte de lui. Mais Conan avait toujours pris ses précautions.

Comme en cet instant même où, son invite ayant porté ses fruits, elle le vit ouvrir le tiroir de la table de nuit et retirer à la hâte ses vêtements.

Ce fut rapide, torride et intense. Elle enroula les jambes autour de ses hanches et l'accueillit profondément en elle, leurs doigts enlacés sur l'oreiller, au-dessus de sa tête.

Elle s'effondra ensuite sous lui, le corps encore vibrant des cris pleins d'une émotion qu'elle n'avait pu contenir.

Il resta un moment étendu sur elle et posa les lèvres sur la peau satinée de son épaule avant de murmurer d'une voix rendue rauque par l'émotion :

— Ne tombe pas amoureuse de moi, Sienna.

Pourquoi pas ? eut-elle envie de lui demander. Mais elle connaissait la réponse : les hommes comme lui ne tombaient pas amoureux de filles comme elle.

Alors, d'une voix qu'elle voulait légère, elle lança :

— Cela ne me viendrait même pas à l'idée.

— Je suis sérieux, Sienna.

Il se leva sans même la regarder et ajouta :

— Si cela arrive, tu vas être malheureuse.

Il sentit qu'elle le suivait des yeux tandis qu'il se dirigeait vers la salle de bains. Il se sentait méprisable, mais ne pouvait pas lui mentir. Elle était venue vers lui la nuit où il avait eu tant besoin de sa tendresse féminine et il avait profité d'elle, encore et encore.

Il avait eu l'intention de n'avoir qu'une brève liaison afin d'exorciser la colère et le désir qu'elle faisait naître en lui. Mais il s'était vite rendu compte qu'il avait de plus en plus envie d'être avec elle. Il avait même été surpris de la trouver ouverte, honnête et généreuse, contrairement à l'idée qu'il se faisait d'elle, ce qui n'apaisait pas sa conscience.

Elle n'avait rien de la fille superficielle qui, trois ans auparavant, ne portait que bijoux et vêtements de luxe. Elle s'habillait très simplement et lorsqu'ils sortaient avec Daisy, elle insistait toujours pour payer sa part et celle de sa fille.

Elle était fière, digne et infiniment désirable mais prenait de plus en plus de place dans sa vie, le poussant parfois à se remettre en question, ce qui le dérangeait. Il était temps de mettre les choses au point, s'il ne voulait pas lui faire de mal.

Debout près du lit, Sienna enfilait une chemise lorsqu'il revint dans la chambre en peignoir. La vue de ses seins nus au-dessus de son jean moulant faillit anéantir sa détermination.

— Pourquoi me regardes-tu ainsi ? demanda-t-il en remarquant son air maussade.

— Comment ?

— Comme si j'étais un ogre. Je suis désolé si je t'ai déçue, je ne suis pas le doux sentimental que tu as pu imaginer.

— Doux, toi ? Il faudrait être folle pour penser ça ! assena-t-elle avec un petit rire bref.

— Alors qu'est-ce qui te préoccupe, Sienna ?

« Ce qui me préoccupe, pensa-t-elle en se détournant, c'est que je t'aime. »

— Rien, murmura-t-elle avec un léger haussement d'épaules.

Il ne voyait que son dos tendu et la façon dont son jean épousait le contour de son délicieux petit derrière tandis qu'elle tentait de remettre un semblant d'ordre dans son lit.

— Je ne t'ai jamais menti, ni laissé espérer un engagement sérieux, ajouta-t-il.

Elle retapa l'oreiller presque rageusement et lui lança sans même se retourner :

— Te l'ai-je jamais demandé ?

— Non.

Il la regarda d'un air pensif. Il venait de tout gâcher et s'en voulait. Il aurait dû avoir cette conversation des semaines plus tôt.

— Je ne t'ai pas dit que je voulais mettre fin à notre relation.

— Ah oui ? répliqua-t-elle tout en faisant volte-face, l'autre oreiller étroitement serré contre elle. Que partageons-nous *exactement*, Conan ? Des instants de plaisir ?

Elle vit l'ébauche d'un sourire au coin de ses lèvres.

— Tu dois admettre que c'est plutôt fantastique, non ?

— En fait, tu suggères que nous continuions ainsi, sans engagement d'aucune sorte ?

— Si cela te convient, oui. Je veux que les choses soient claires pour que tu puisses prendre ta décision, sachant qu'il n'est pas question de mariage.

— Tu veux donc que nous continuions de coucher ensemble et que notre relation reste purement physique ? demanda-t-elle en lançant l'oreiller sur le lit. Et que je comprenne *qu'il n'est pas question de mariage*, répéta-t-elle. Mais qui a dit que je voulais t'épouser ? Crois-moi, j'ai eu mon comptant de mariage et de soi-disant bonheur conjugal avec ton frère. Pourquoi aurais-je envie de recommencer avec toi ?

Bien sûr, pensa-t-il. Tout n'avait pas été rose avec Niall. Mais il était certain qu'elle cherchait à sauver la face. Il eut envie de la prendre dans ses bras et de l'embrasser mais il s'abstint, craignant de se le reprocher par la suite.

— Nous savons donc où nous en sommes, dit-il en reposant son verre.

Il éprouva une certaine admiration pour le cran dont elle faisait preuve. Elle n'était pas du genre à pleurnicher.

— Cela me servira de leçon.

— Absolument, souligna-t-elle en se demandant comment elle allait trouver la force de refuser les heures d'extase qu'il lui proposait — en attendant qu'il se lasse d'elle et aille voir ailleurs.

— Mettons les choses au clair… Si j'acceptais ta proposition, ce qui n'est pas le cas, s'empressa-t-elle d'ajouter, ne serais-tu pas inquiet de me voir un jour tomber amoureuse de toi ? Ou pire… imagine, tu pourrais toi aussi tomber passionnément amoureux de *moi* !

Elle accompagna ces derniers mots d'un petit rire en levant les yeux au ciel.

— Arrête, Sienna ! lui intima-t-il, incapable de supporter son ton bravache. Je n'ai pas l'intention de tomber amoureux de toi et cela n'arrivera pas. Tu comprends ?

— Très bien. Pourrais-tu m'expliquer comment tu peux être si sûr de toi ?

Elle ne faisait pas partie de son monde. Elle ne lui plaisait pas assez. Elle le satisfaisait au lit mais pas intellectuellement… Elle passa en revue toutes les possibilités. Et s'il était amoureux de Petra Flax ?

— Je viens d'une famille reconstituée et je n'ai nullement l'intention de reproduire cette situation.

— Que veux-tu dire ? l'interrogea-t-elle en fronçant les sourcils.

— Je ne veux pas devenir le beau-père de l'enfant

d'un autre, même si cette enfant est ma nièce. N'essaie pas de comprendre. Crois-moi, ce serait bien trop compliqué.

— Comment Daisy ou l'enfant d'une autre pourrait-elle compliquer la situation ? ne put-elle s'empêcher de demander.

Il pensa à sa propre solitude, enfant, à la peur qu'avait sa mère de lui montrer son affection, aux bagarres, aux disputes et aux jalousies qui avaient fini par les déchirer.

— Le moment viendra où j'aurai envie d'avoir un enfant à moi et cela ne pourra engendrer que des conflits. Comment puis-je être sûr de ne pas faire passer l'enfant d'un autre après le mien ? Je finirai par me marier, mais je ne prendrai jamais le risque d'être le genre de beau-père que j'ai eu.

« Tu n'es pas ce genre d'homme », eut-elle envie de lui dire, mais elle se contenta de lui demander timidement :

— Crains-tu d'être comme lui ? Crois-tu que tu pourrais traiter ta femme et tes enfants de la manière qu'il vous a traités, ta mère et toi ?

— D'être violent ? demanda-t-il, horrifié. Non, je hais la violence. Je pense que tous les problèmes peuvent trouver une solution par le biais de la communication et de la diplomatie. Mais un père est irremplaçable.

— Crois-tu vraiment que toutes les familles recomposées soient comme la tienne et qu'un enfant qui perd un parent soit condamné à subir ce que tu as subi ?

— Je crois simplement que cela ne peut pas marcher avec moi. Je ne suis pas capable de vivre cela, et je n'en ai pas l'intention.

Sienna souffrait pour elle-même, bien sûr, mais aussi pour lui. Il était si amer ! Malgré ce qu'il affirmait, sa voix reflétait une souffrance insurmontable.

— Imagine qu'un jour tu rencontres la femme de ta vie et qu'elle ait un enfant ?

— Cela n'arrivera pas, assena-t-il.

— Comment peux-tu en être si sûr ?

— Parce que je l'éviterai d'emblée.

— Et en ce qui me concerne ? osa-t-elle, désinvolte. Ne craignais-tu pas de te trouver engagé avec moi ?

— Pas dans ce sens-là…

Il lui avait en effet toujours fait comprendre qu'elle n'était qu'une agréable distraction dans sa vie, mais elle avait été assez stupide pour tomber amoureuse de lui, songea-t-elle, furieuse.

— De toute façon, je ne pensais pas à moi mais à toi, Conan.

— A moi ? dit-il en laissant échapper un petit rire moqueur. Je peux t'assurer que je suis parfaitement heureux.

— D'accord, tu l'es peut-être, mais avec une attitude tellement fermée face à la vie que tu risques de passer à côté de beaucoup de choses.

— C'est déjà fait, lui rappela-t-il, laconique. Daisy est ma nièce. Il en sera toujours ainsi et je l'encouragerai, la soutiendrai et m'assurerai qu'elle ne manque jamais de rien. Si tu m'y autorises, bien sûr. Mais je ne prendrai pas le rôle de son père et j'espère sincèrement que tu ne lui en as pas donné l'espoir.

Blessée et furieuse, Sienna répliqua du tac au tac :

— Bien sûr que non !

— Parfait. Dans ce cas, restons-en là. Je n'ai jamais eu l'intention de me substituer à Niall, ou imaginé pouvoir donner à Daisy, ou à l'enfant d'un autre homme, la compréhension et la stabilité affective que seul son propre père aurait pu lui donner. Et je ne veux pas de ta pitié ! Si tu avais vécu ce que j'ai vécu, tu comprendrais que je fais preuve de bon sens.

— Il ne s'agit pas de bon sens, Conan. Ce que tu ressens est de la peur.

— Appelle cela comme tu veux. Le sujet est clos, déclara-t-il fermement.

Sa froideur et la façon dont il claqua la porte lui firent aussi mal que la première gifle de Niall…

10.

Conan sortit de la villa portant les valises de Sienna et de Daisy. Le temps était doux, un léger brouillard recouvrait les montagnes au loin, mais le soleil brillait au-delà du jardin sur l'eau d'un bleu profond.

Il regarda Sienna en train de déposer sa veste sur le siège arrière de la voiture.

Il était conscient de l'avoir blessée, même si elle avait affirmé ne pas souhaiter s'engager non plus. Il avait l'impression d'être un parfait salaud. Cette sensation ne fit qu'empirer lorsqu'il se rappela qu'elle avait en plus refusé l'argent qu'il lui avait promis en échange de sa présence en France, et rejeté sa proposition de lui acheter une nouvelle voiture.

Daisy étant encore à l'intérieur de la villa, occupée à faire ses adieux à Claudette et aux employés, Conan saisit sa dernière chance d'être seul avec Sienna et accéléra le pas.

Elle était accoudée au toit de la voiture. Sa courte robe jaune toute simple n'avait rien à envier aux tenues chic et onéreuses qu'il lui avait connues. Elle ne l'avait pas entendu arriver, et il eut tout loisir de l'admirer et d'apprécier la façon dont la coupe de sa robe dévoilait le délicat papillon dessiné sur sa peau soyeuse.

Il n'avait jamais aimé les tatouages mais ce papillon semblait souligner la gentillesse naturelle de Sienna, comme s'il avait simplement choisi de se poser là et, s'y sentant en sécurité, de ne plus en partir.

Agacé de s'être laissé emporter par un tel accès de sentimentalisme, il se reprit et lança froidement :

— Tu m'évites.

— Pas du tout, répondit-elle, sur la défensive.

Il était pourtant persuadé du contraire. Elle n'avait pas quitté Daisy de toute la journée et était allée se coucher de bonne heure, prétextant un mal de tête. Et il était convaincu qu'elle avait fait semblant de dormir lorsqu'il avait jeté un coup d'œil dans sa chambre après avoir frappé doucement à sa porte.

— Je suis désolé que notre conversation d'hier t'ait contrariée, dit-il, mal à l'aise d'aborder le sujet.

— Absolument pas, répondit-elle avec un sourire forcé.

» Qu'allons-nous faire, à présent ?

— C'est à toi de me le dire. Pour ma part, je ne vois pas pourquoi nous ne continuerions pas à nous voir.

Il pouvait facilement se passer d'elle, qu'il considérait comme un interlude agréable dans son existence, pensa-t-elle, peinée. Et lorsqu'il déciderait de s'éloigner pour toujours, il ne lui resterait alors qu'à sourire et à s'incliner.

Mais ce ne serait jamais définitif. Daisy était un lien entre eux.

Evitant son regard, elle hasarda :

— Et si je décide de ne pas continuer ?

— Ce serait dommage. On s'entend si bien !

— Au lit, tu veux dire.

— Je te l'ai déjà dit, c'est à toi de décider. Mais je ne pense pas que tu sois prête à laisser tomber, Sienna, pas plus que moi. Tu sais que j'ai toujours envie de toi et que c'est réciproque.

— Je suis peut-être faible, murmura-t-elle, mais pas complètement idiote.

Désespérée, elle songea qu'elle n'en serait pourtant pas là si elle avait écouté sa raison et non son cœur depuis le début.

— Ne casse pas tout entre nous, Sienna. En ce moment, j'ai besoin de toi dans ma vie, comme je n'ai jamais eu besoin de personne.

Il se demanda comment il avait pu laisser une femme penétrer ainsi ses défenses, encore moins celle contre qui il avait nourri un grief pendant trois ans et à laquelle il voulait à tout prix donner une leçon. Pourtant, elle était la seule femme qu'il souhaitait garder dans son lit.

— Pour l'instant, tu me fais du bien. Nous nous faisons mutuellement du bien… Je peux te le prouver, si tu veux.

Imaginant sans peine de quelle façon il pensait la convaincre, elle leva les mains en une dérisoire protection. Elle n'avait aucunement l'intention de laisser quiconque la blesser de nouveau. Elle devait aussi penser à Daisy…

— Ce n'est pas une bonne idée. Nous avons eu une aventure. Nous avons pris du bon temps. Restons-en là, rajouta-t-elle, tremblante et étonnée de parvenir à jouer la désinvolture.

— Une aventure ? C'est comme cela que tu le vois ?

— Etait-ce autre chose ? murmura-t-elle d'un ton qu'elle voulait léger.

Le visage de Conan se durcit mais l'arrivée de Daisy l'empêcha de répondre.

Tous deux regardèrent la petite fille courir vers eux, suivie par sa grand-mère. Elle s'arrêta devant Conan et lui tendit son hippopotame.

— Je lui ai expliqué qu'on rentrait à la maison mais il veut rester avec toi, lui dit-elle, essoufflée.

Sienna sentit son cœur se serrer face à ce petit geste innocent.

— Non, Daisy, intervint-elle fermement, de toute façon oncle Conan rentre aussi en Angleterre et Hippo se sentirait bien seul ici.

— Mais il veut rester là jusqu'à son retour ! répliqua Daisy d'un air boudeur.

— J'ai dit non, Daisy…

La petite fille venait de pousser un cri de protestation quand la voix impatiente de Conan coupa court à la discussion entre la mère et la fille.

— Elle peut le laisser, si elle veut.

Ils firent leurs adieux à Avril et une fois dans la voiture, Sienna se demanda si la brusquerie de Conan était due aux innocentes tentatives de sa nièce de s'attirer son affection ou à son propre refus de poursuivre une relation qui ne les menait nulle part.

Deux semaines plus tard, elle avait repris son travail au club de fitness et jonglait entre ses cours et le nouvel emploi du temps de Daisy, s'efforçant de chasser Conan de son esprit, lorsqu'un matin il arriva à l'improviste.

Elle se rappela lui avoir dit qu'elle ne travaillait pas le mardi et fut surprise qu'il s'en soit souvenu.

Elle avait accompagné Daisy à l'école et venait de prendre une douche et de passer un peignoir léger quand elle l'aperçut sur le pas de la porte. Son cœur fit un bond dans sa poitrine.

— Conan !

Il portait un élégant costume sombre et elle se

sentit immédiatement à son désavantage, avec ses cheveux encore mouillés et son peignoir cachant à peine sa nudité.

— Bonjour, Sienna, dit-il par-dessus les aboiements joyeux de Shadow, puis-je entrer ?

Elle s'effaça pour le laisser passer. Il s'arrêta, caressa le chien et se dirigea vers le salon, laissant dans son sillage l'odeur si caractéristique de son eau de toilette.

— Comment va Daisy ? demanda-t-il sans préambule.

— Elle va bien, merci, répondit-elle, déstabilisée par la réponse instinctive de son corps déjà prêt à l'accueillir. Que me vaut l'honneur de cette visite ?

Conan haussa imperceptiblement les sourcils, indiquant qu'il avait perçu le trouble de sa voix.

— Avril se sent assez bien pour rentrer à Londres et va prendre possession de son nouvel appartement d'ici à deux semaines, annonça-t-il.

Il avait acheté un appartement à sa mère, juste avant leur retour en France, pour qu'il lui soit plus facile de voir Daisy.

— Tu aurais pu m'appeler, répliqua-t-elle d'un ton sec, tout en se demandant s'il percevait la panique qui s'était emparée d'elle.

— J'aurais pu, reprit-il en plongeant son regard pénétrant dans le sien avant de le faire glisser vers sa poitrine qui se soulevait rapidement, trahissant son trouble.

» Tu m'as manqué, Sienna.

Elle se sentit fondre sous la caresse de sa voix mais ne put se résoudre à lui avouer à quel point elle avait été malheureuse sans lui, elle aussi…

— Arrête !

Elle voulut s'éloigner de lui, mettre de la distance entre eux mais il l'attrapa soudain par la taille.

— Sienna…

— Tout est fini entre nous, souffla-t-elle, affolée par le trouble intense que lui procurait ce contact.

— Tu sais bien que c'est faux.

Anticipant une éventuelle protestation, il tira doucement sur la ceinture de son peignoir.

Le vêtement s'ouvrit, dévoilant sa nudité.

Une chaleur intense irradia en elle et elle ferma les yeux, tandis qu'il soupirait de satisfaction à la vue de son corps.

— Tu me désires encore, Sienna, tout autant que je te désire.

Malgré son envie farouche de le nier, elle sentit son corps se cambrer instinctivement lorsque Conan posa la main en coupe autour d'un de ses seins et s'empara ensuite de ses lèvres. Sa réponse fut sans équivoque.

Cela faisait si longtemps !

Elle l'enlaça, le corps vibrant de désir.

— Tu ne peux pas plus t'en passer que moi, n'est-ce pas ? Comment as-tu pu croire le contraire ? murmura-t-il d'une voix rauque, parcourant avidement son corps de baisers et de caresses.

Impatiente, elle attrapa alors sa chemise, la sortit de son pantalon et glissa les doigts sous sa ceinture pour sentir la chaleur palpitante de son corps. Conan la souleva pour la porter à travers la pièce.

Ils firent l'amour sur la vieille table de bois, très vite, tant l'urgence d'unir leurs corps affamés était forte. Un orgasme intense amena des larmes aux yeux de Sienna tandis qu'un râle de plaisir échappait à Conan.

— Je vois que tu avais tout prévu, constata-t-elle quelques instants plus tard en constatant que Conan avait pris ses précautions.

— Il le faut bien, répondit-il avec un sourire.

En lui faisant un enfant il recréerait la situation

qu'il s'était juré de fuir à jamais, comprit-elle, car il devrait alors assumer ses responsabilités en l'épousant.

— Conan…

Elle allait lui dire que tout cela n'avait aucun sens, qu'elle n'avait pas eu l'intention de faire l'amour avec lui et ne reviendrait pas sur sa décision prise en France, mais en ôtant son préservatif, Conan lui effleura involontairement l'intérieur des cuisses. Elle retint son souffle. Il avait deviné ce qu'elle était sur le point de lui dire et se mit alors à la caresser, la réduisant au silence, jusqu'à ce qu'elle se cambre vers lui. Alors, de ses longs doigts experts, il lui offrit un nouvel orgasme.

— Il est préférable que tu t'habilles, murmura-t-il ensuite, déposant un léger baiser sur son nez. Je ne peux résister à la tentation lorsque je te vois ainsi.

Blessée, honteuse de s'être montrée trop faible pour lui résister, elle lui lança :

— Et tu es trop arrogant pour respecter ma décision.

Ses yeux lancèrent des éclairs mais il réussit à se contrôler et répliqua d'une voix dangereusement suave :

— Je croyais notre désir réciproque. Tu es aussi passionnée que moi, Sienna, alors ne me blâme pas si cela ne cadre pas avec ta supposée innocence dans toute cette histoire. Tu as fait l'amour avec moi parce que tu en avais envie, parce que c'est plus fort que nous. Et si tu penses que j'éprouve quelque fierté à nous avoir mis dans cette situation, je peux t'assurer que tu te trompes !

Tandis qu'il se dirigeait d'un pas rageur vers la salle de bains, elle comprit la raison de sa colère.

Elle lui avait reproché de ne pas avoir respecté sa décision de mettre fin à leur liaison. Mais, furieuse d'avoir succombé si vite à son charme, elle ne s'était pas rendu compte que ses paroles pouvaient être interprétées d'une tout autre façon. Ainsi, Conan aurait pu comprendre qu'elle l'accusait de l'avoir forcée, comme son beau-père l'avait fait avec sa mère. Ou Niall avec elle…

Le souvenir brutal de son mariage la fit chanceler. Elle pensait avoir fait la paix avec son passé. Mais certains événements le faisaient parfois resurgir…

Un bruit sourd, familier, attira soudain son attention.

Conan venait de sortir de la salle de bains et la poignée de la porte lui était restée dans la main.

— Cela fait un moment qu'elle ne tient plus, murmura-t-elle en guise d'excuse. Je pensais la réparer dès que j'en aurais le temps.

— Donne-les moi.

Elle était sur le point de lui répondre qu'elle n'avait pas besoin d'aide mais il avait déjà ôté sa veste. Elle alla chercher des vis et un tournevis dans un des tiroirs de la cuisine. Lorsqu'il commença à remettre la poignée en place, elle s'efforça de ne pas remarquer sa peau brune à travers sa fine chemise blanche.

Travailler à genoux alors qu'il portait un pantalon griffé et des chaussures sur mesure ne semblait pas le déranger. Il savait s'adapter, pensa-t-elle en l'admirant, et une bouffée de tendresse l'envahit lorsque, sous le soleil matinal, elle vit ses cheveux briller. Mais ç'eût été se trahir que d'y passer les doigts, songea-t-elle en résistant à son envie soudaine. Il pourrait croire qu'elle s'attachait à lui…

— Cela devrait faire l'affaire, annonça-t-il en vérifiant que la poignée fonctionnait correctement.

— Merci…

Elle savait qu'au fond de lui il lui en voulait encore. Il était en train de remettre sa veste lorsque, la gorge nouée par l'émotion, elle se lança :

— Pour ce qui est de tout à l'heure… Ce n'est pas ce que je voulais dire, je voulais juste…

Il l'interrompit, posant son pouce sur sa bouche :

— Je pense que nous en avons assez dit pour aujourd'hui.

Il l'attira alors contre lui et referma les bras autour d'elle.

Soudés l'un à l'autre, ils ne formaient plus qu'un, pensa-t-elle, abandonnée à la force et à la chaleur qui se dégageaient de lui. Sa tête tournait et son cœur hurla un « Je t'aime » silencieux.

Conan cependant n'était pas prêt à entendre ces mots. Il lui proposait seulement de poursuivre une relation sans lendemain. La violence dont il avait été témoin entre sa mère et son beau-père ainsi que la méchanceté et la brutalité dont cet homme avait fait preuve envers lui l'empêchaient de devenir le beau-père de Daisy ou de tout autre enfant.

Peinée pour lui autant que pour elle-même, elle savait que revenir sur le passé ne servirait à rien et elle ne pouvait pas lui avouer qu'en plus d'être faible, ce qu'il savait déjà, Niall, son frère bien-aimé, se montrait également violent… Elle ne s'en sentait pas capable. Pas plus qu'il ne l'était de tirer un trait sur le passé pour construire une relation stable et heureuse avec elle et Daisy. Il ne lui restait plus qu'à se montrer courageuse et lui annoncer qu'ils ne devaient plus se voir.

A cet instant, le téléphone de Conan sonna. Il la pria de l'excuser et s'éloigna pour répondre.

La conversation fut brève. On avait besoin de lui, il devait partir.

— Je t'appelle…, promit-il en effleurant ses lèvres d'un baiser.

Quelques instants plus tard, elle entendit la puissante voiture s'éloigner, et resta seule avec sa frustration et son désespoir de ne lui avoir rien dit alors qu'il était encore temps.

11.

Sienna était déterminée à rompre avec Conan, mais c'était plus facile à dire qu'à faire : elle était irrémédiablement attirée par lui et, malgré le caractère désespéré de la situation, toujours amoureuse.

Depuis leur dernière rencontre, ils s'étaient retrouvés à deux reprises, pour déjeuner et pour voir une exposition. Il l'avait chaque fois raccompagnée chez elle et… ils avaient inévitablement fini par faire l'amour.

A présent, seule de nouveau après un autre moment idyllique avec lui, Sienna, furieuse, se reprochait d'être assez stupide pour croire encore qu'il puisse changer. De plus, elle tenait à protéger Daisy.

La petite fille, de plus en plus attachée à lui, l'attendait avec une impatience grandissante. Conan pourtant se limitait à un rôle d'intermédiaire entre Avril et sa nièce, passant très peu de temps avec elle. Lorsqu'il la raccompagnait, Daisy refusait de le laisser partir. Cela dégénérait en caprices une fois la porte refermée sur lui.

Sienna fut donc soulagée lorsque, fin septembre, Conan dut partir trois semaines en Europe pour son travail. Cela lui donnait du temps pour réfléchir sans pour autant l'aider à résoudre son dilemme, car elle souffrait terriblement de son absence.

Sa mère l'appela à plusieurs reprises, à l'affût d'indices prouvant une intimité entre elle et Conan Ryder. Elle aurait été trop heureuse d'annoncer à ses amis et clients que sa fille vivait une belle histoire d'amour avec le célèbre milliardaire. Si Sienna demeura très évasive envers sa mère, il lui fut cependant plus difficile de tromper la vigilance de Jodie.

— Il vient voir Daisy, répondit-elle lorsque son amie lui fit remarquer, taquine, qu'elle apercevait bien souvent la BMW garée devant la maison.

— Même lorsque Daisy n'est pas là ? demanda Jodie d'un air entendu.

Sa liaison avec Conan l'obligeait à mentir à tout le monde, y compris à sa fille, et Sienna trouvait cela insupportable. Elle décida une fois de plus de mettre fin à leur liaison. Mais lorsque à son retour Conan l'appela, elle ne put résister à l'envie de le retrouver.

Elle avait imaginé un doux moment en tête à tête avec lui mais des travaux urgents avaient entraîné la fermeture de l'école, l'obligeant à garder Daisy à la maison.

— Je vous emmène toutes les deux, offrit-il généreusement, sans montrer la moindre déception.

Sienna accepta à contrecœur. Elle n'aurait su dire s'il avait apprécié la journée au centre aquatique où il les avait invitées, alors qu'il s'attendait à la voir seule et nue dans son lit. Chaque fois que leurs regards se croisaient, le désir sans équivoque qu'elle lisait dans ses yeux lui enflammait les sens, pourtant elle éprouvait une satisfaction perverse à l'idée qu'il n'avait pas réussi à obtenir ce qu'il voulait.

Quand Conan les raccompagna chez elles, en fin d'après-midi, Daisy disparut immédiatement dans le jardin avec Shadow.

Quelques instants plus tard, ayant terminé le café que Sienna leur avait préparé, Conan posa sa tasse sur le bord de l'évier et, passant derrière elle, l'entoura de ses bras.

— Je dois bientôt partir, murmura-t-il.

Un terrible frisson parcourut le corps de Sienna lorsqu'elle sentit une de ses mains remonter et se poser sur sa poitrine.

— Je veux pas que tu partes !

En entendant la voix de Daisy, Sienna pivota sur elle-même et s'écarta. Trop tard, réalisa-t-elle, sa fille avait déjà tout vu.

— Je veux pas que tu partes, répéta la petite fille avec véhémence tout en se mettant à pleurer, dis, pourquoi tu peux pas rester avec nous ?

Daisy s'agrippa à la jambe de l'homme qui était devenu si important pour elle.

— Parce que je dois rentrer chez moi, Daisy, répondit Conan en s'accroupissant devant elle.

Les petits bras vigoureux s'enroulèrent aussitôt autour de son cou.

— C'est pas vrai ! dit-elle, avec des sanglots dans la voix.

— Si, je t'assure.

Sienna remarqua le ton étrange de sa voix et ses bras qui serraient timidement la petite fille contre lui. La scène était si déchirante qu'elle dut détourner le regard.

— Alors pourquoi on peut pas venir habiter avec toi ?

Levant de nouveau les yeux, Sienna croisa le regard ému de Conan. Exprimait-il son impuissance, son désespoir ou la suppliait-il de le tirer de cette situation qu'il avait involontairement créée ?

— Apporte ça à Shadow s'il te plaît, Daisy, dit-elle en tendant à l'enfant la gamelle du chien.

Comme la fillette ne faisait pas mine de bouger, Conan intervint d'une voix douce :

— Fais ce que ta maman te demande, on reparlera de cela plus tard.

— Qu'est-ce que tu cherches à faire ? lança Sienna, furieuse, dès que Daisy se fut éloignée.

— Que veux-tu dire ?

— Tu lui donnes des raisons d'espérer. Elle n'a que quatre ans mais elle n'est pas idiote. Elle nous a vus, Conan. Et à présent, elle pense que nous allons former une jolie petite famille.

— Alors tu vas lui expliquer que ce n'est pas le cas.

— *C'est moi* qui dois le lui expliquer ? Et que suis-je censée lui dire ? se rebella-t-elle, refusant d'admettre à quel point ses derniers mots l'avaient affectée. Un homme a déjà disparu de sa vie. Comment puis-je lui dire de ne pas s'attacher à un autre, susceptible lui aussi de disparaître à tout moment ?

— Qu'est-ce que cela signifie ?

— Je ne veux pas qu'elle s'imagine que tu fais partie de notre vie !

— Je suis tout de même son oncle, pour l'amour de Dieu !

— Elle n'est malheureusement pas encore assez grande pour faire la différence !

— Je t'ai déjà dit que je ne peux pas être un père pour elle, Sienna, ni m'engager pour la vie avec toi, si c'est là ce que tu insinues.

— Il ne s'agit pas de ça !

Il ne fallait pas qu'il sache que c'était pourtant ce qu'elle avait imaginé, qu'elle n'en pouvait plus d'attendre ses coups de fil, de chercher son corps chaque nuit, de l'aimer tout en sachant qu'il ne l'aimerait jamais en retour.

— Je ne peux pas lui offrir ce que mon frère lui

aurait donné, poursuivit-il, faisant mine de ne pas avoir entendu. Je suis réaliste, Sienna. Imagine que nous nous mariions. Qu'adviendra-t-il si un jour nos opinions sur son éducation ou ses choix divergeaient ? Cela créerait de la rancœur et du ressentiment, voire pire, car elle est avant tout ta fille. Je me passe fort bien de ce genre de famille, crois-moi !

— Comme la tienne, tu veux dire ? lança-t-elle, perfide.

— Tout à fait, rétorqua-t-il d'un ton belliqueux, exactement comme la mienne, puisque tu insistes !

— Toutes les familles recomposées ne ressemblent pas à la tienne, mais peu importe. Je n'ai pas plus envie que toi de m'engager. Je trouve juste que tu as tendance à généraliser. Ces familles ne se déchirent pas toutes…

Elle hésita à faire allusion à la violence qui avait perturbé l'enfance de Conan mais aussi gâché sa propre vie de couple, puis se lança :

— Et n'ont pas toutes recours à la violence.

Les mâchoires de Conan se crispèrent. Elle sut qu'elle avait touché un point sensible.

— Tu as un point de vue idyllique, Sienna, mais crois-moi, tu n'es pas en mesure de juger.

S'il savait… Elle sentit son cœur se serrer et faillit lui révéler ce qu'elle avait enduré pendant son mariage mais cela n'aurait servi qu'à le blesser. S'ils en étaient arrivés là, c'et parce qu'elle avait été suffisamment insouciante pour tomber amoureuse de lui. Mais c'était son problème, pas le sien.

Son problème à lui était d'avoir été traumatisé par la jalousie destructrice et l'agressivité de son beau-père et rien de ce qu'elle pourrait dire ou faire ne l'aiderait à vaincre ses préjugés.

— J'ai peut-être davantage confiance que toi dans les autres, Conan.

Puis, rassemblant son courage, elle ajouta d'une voix blanche :

— Il est préférable de ne plus nous voir.

— Tu ne le penses pas vraiment, murmura-t-il, décontenancé.

Non, elle ne le pensait pas, elle était à l'agonie et ne pouvait plus rien dire, incapable de prononcer ces mots qui mettraient un terme à leur histoire d'amour.

Lorsqu'il s'approcha d'elle, elle tendit les bras comme pour se protéger. S'il parvenait à la toucher, elle n'aurait plus aucune chance et il le savait.

— Je suis sérieuse, Conan.

— Tu es fatiguée. Nous le sommes tous deux. Nous en discuterons une autre fois.

Il lui effleura le front des lèvres et disparut avant qu'elle ne puisse ajouter quoi que ce soit.

Lorsqu'il l'appela, le lendemain, elle refusa de le voir et il en fut de même les jours suivants. Puis il partit une semaine en déplacement. Sienna reçut un coup de fil de ses parents, qui l'invitaient à venir passer les vacances en Espagne avec Daisy. Elle s'empressa d'accepter et demanda un congé.

Là-bas, il lui serait plus facile de rester inflexible. Elle avait pris sa décision pour le bien de Daisy et elle devait s'y tenir.

Pourtant, rien n'atténuait son chagrin de ne pas le voir. Même si elle avait fini par se mépriser de se rendre disponible chaque fois qu'il lui prenait l'envie de venir la retrouver, cette situation peu satisfaisante était encore préférable au manque et au besoin brûlant qui la maintenait éveillée la nuit.

Une nouvelle source de préoccupation venait de surgir, mais l'état fébrile dans lequel elle se trouvait l'empêcha d'y penser. Heureusement, le samedi fut vite là.

Sur le chemin de l'aéroport, son portable sonna. Elle se gara sur le parking d'un centre commercial pour répondre.

— Sienna ?

C'était la voix de Conan…

— Sienna, ne raccroche pas, s'il te plaît. Je veux te voir. Nous devons discuter.

— Il n'y a rien à dire de plus, répondit-elle, de toute façon je ne peux pas parler pour l'instant. Je pars. J'ai besoin de prendre du recul.

Il lui fallait du temps pour surmonter son chagrin et le vide qu'elle ressentait.

— Je sais ce dont tu as besoin — ce dont nous avons besoin tous les deux, et ce n'est pas de prendre du recul.

Sienna essaya de contrôler sa respiration tandis que son corps réagissait à ses mots et à sa voix.

— Nous allons être en retard, expliqua-t-elle.

— Où allez-vous ?

— Nous partons pour l'Espagne !

Derrière elle, Daisy, tout excitée, demandait à parler à son oncle. Pour couronner le tout Shadow, qui avait reconnu cette voix familière, avait passé la tête entre les sièges et haletait dans son oreille.

— Non, Daisy, pas maintenant !

Regrettant d'avoir réprimandé la petite fille de façon impulsive, Sienna se retint de dire à Conan de la laisser tranquille, de les laisser tranquilles. Elle se rappela avec regret qu'il était l'oncle de Daisy et le serait toujours. Elle aurait dû y penser avant de se jeter dans son lit.

— On dirait que tu es bien occupée. Je peux venir te retrouver à l'aéroport, si tu veux.

— Pour quelle raison, Conan ?

Il poussa un profond soupir et elle comprit qu'il s'impatientait.

— Pour la simple raison que j'aimerais voir ma nièce.

Bien sûr. Qu'espérait-elle entendre ? Qu'il l'aimait ? Que les deux dernières semaines avaient été une torture et qu'il ne pouvait vivre sans elle ?

— Nous avons un avion à prendre. Tu n'as qu'à attendre son retour. Quant à moi, j'ai décidé de vivre ma vie.

— C'est vraiment ainsi que tu le ressens ?

« Non, je te veux, toi, mais tu ne seras jamais à moi ! » eut-elle envie de crier.

Pourtant elle murmura courageusement :

— Oui, c'est ainsi.

Conan retint son souffle. Elle voulait vivre sa vie. De quel droit pouvait-il l'en empêcher ? Aucun, même si l'idée qu'elle puisse être avec un autre homme lui était insupportable.

Depuis le début, il savait qu'ils n'avaient aucun avenir ensemble, mais il n'avait pas écouté la petite voix l'avertissant que coucher avec la mère de sa nièce rendrait les choses bien compliquées à long terme. A présent, il n'aurait qu'à envoyer son chauffeur chercher Daisy. Sienna et lui pourraient ainsi éviter de se rencontrer. C'était la meilleure solution. Il était temps de la laisser partir.

Cette décision prise, ce fut sur un ton dénué de toute émotion qu'il répondit :

— Bien, alors au revoir, Sienna.

Bouleversée, elle regarda son téléphone, priant pour

qu'il la rappelle. Elle devait à tout prix lui expliquer qu'elle ne pensait pas ce qu'elle avait dit, qu'elle ne voulait pas vivre sa vie sans lui. Mais elle n'avait pas le choix. C'était bien pour cela qu'elle avait laissé la discussion prendre cette tournure. Ne valait-il pas mieux qu'ils cessent de se voir maintenant plutôt qu'attendre que Conan se lasse et la laisse tomber pour une autre ?

Sauf qu'en cet instant elle se souciait peu de sa dignité car elle souffrait tant qu'elle crut qu'elle allait étouffer.

Elle essayait de se concentrer sur sa respiration lorsque la petite voix de Daisy s'éleva à l'arrière de la voiture :

— Maman, je veux aller aux toilettes.

— Bien sûr, ma chérie.

Elle accueillit avec soulagement cette diversion. Elle avait des responsabilités et en cet instant, sa priorité était sa fille.

De retour à la voiture, elle demanda à Daisy de rester à ses côtés le temps de prendre dans le coffre le jus d'orange qu'elle venait de lui réclamer.

Elle fouilla dans son sac, puis dans la poche de sa veste avant de se rendre soudain compte qu'elle avait non seulement oublié de fermer la voiture mais qui plus est laissé les clés sur le contact !

Maudissant son étourderie, elle ouvrit la portière sans prêter attention à un chien qui aboyait dans un autre véhicule. C'est alors que Shadow, la bousculant au passage, lui fila entre les jambes et s'enfuit sur le parking.

Sienna pensa tout d'abord à Daisy avant de s'occuper du chien. Elle se retourna et crut vivre un cauchemar.

La petite fille, qui se trouvait encore à côté d'elle

quelques secondes auparavant, s'était lancée à la poursuite de Shadow.

— Daisy ! s'écria-t-elle.

Trop tard…

Elle entendit des pneus crisser et aperçut un 4x4 déraper sur la chaussée humide avant de voir la petite silhouette au pull rouge tomber.

12.

Conan avait l'impression d'être assis dans cette chambre d'hôpital depuis des jours, même si cela ne faisait que quelques heures.

Lorsque Sienna, au bord de l'hystérie, l'avait informé de l'accident, la peur s'était emparée de lui, le paralysant.

Lui, qui régnait en maître absolu sur un empire commercial, s'était soudain retrouvé impuissant. Il s'était alors mis à prier comme jamais il ne l'avait fait de sa vie.

Pas Daisy ! Pitié, pas elle ! Penser à toutes les occasions qu'il n'avait pas saisies de montrer son affection à la petite fille, le mettait au supplice. Elle qui avait toujours été si douce, spontanée, affectueuse et confiante envers lui… *Vous avez déjà pris Niall* ! *Cela ne suffit-il pas ? Vous voulez prendre aussi Daisy ?*

Miraculeusement, le 4x4 ne l'avait pas heurtée, ainsi qu'ils l'avaient d'abord craint. Elle avait trébuché contre le rebord du trottoir et s'était cogné la tête au sol, ce qui avait provoqué une contusion sévère. Elle avait repris connaissance peu après son arrivée à l'hôpital et dormait, à présent. Les tests n'avaient révélé aucune blessure grave.

— Ça va aller, le rassura Sienna, assise de l'autre côté du lit.

Elle avait les yeux cernés et Conan pouvait lire sur son visage un soulagement identique à celui qu'il éprouvait.

Il acquiesça, silencieux, puis détourna la tête pour dissimuler son émotion.

Il avait ôté sa veste et sa cravate et déboutonné le col de sa chemise. Une barbe naissante se devinait sur ses joues. Il avait les traits tirés et semblait avoir vieilli depuis la dernière fois qu'elle l'avait vu. Ainsi, il s'était fait du souci pour Daisy, pensa-t-elle. Après tout, c'était la fille de son frère. A ce moment-là, elle ressentit un immense soulagement de n'avoir jamais eu à lui dire la vérité au sujet de Niall.

— L'infirmière croyait que c'était ma fille, lui confia-t-il d'une voix étrangement bourrue.

— C'est normal, puisque vous portez le même nom, mais j'espère que tu l'as détrompée.

Il l'avait sans doute fait, mais elle interpréta son silence comme une preuve de délicatesse.

Sienna avait informé ses parents de l'accident. Faith Swann, paniquée, avait insisté pour prendre le premier avion. Conan leur avait envoyé un de ses jets privés et ils étaient arrivés au petit matin, soulagés d'apprendre que leur petite-fille allait bien.

Conan leur avait aussi réservé une chambre dans un des meilleurs hôtels à proximité de l'hôpital, mettant une voiture et un chauffeur à leur disposition pour qu'ils puissent se déplacer pendant leur séjour en Angleterre. Il avait aussi fait récupérer la voiture de Sienna sur le parking, sans oublier Shadow qui, de retour de sa fugue, avait sagement attendu l'arrivée de l'ambulance couché à côté de Daisy et se trouvait à présent sous bonne garde dans le luxueux penthouse que Conan occupait lorsqu'il était en ville.

— Conan s'est donné tant de mal pour nous ! Et

tout cela à ses frais, avait lancé la mère de Sienna, trop heureuse de citer son nom devant une infirmière. J'ai l'impression qu'il a un gros faible pour toi, Sienna...

Sienna fit semblant de sourire, fixant du regard le rideau à côté du lit de sa fille pour que personne ne remarque l'émotion qui s'était emparée d'elle.

Daisy fut autorisée à quitter l'hôpital dans l'après-midi.

Conan était parti un peu plus tôt à son bureau et Sienna n'avait pu s'empêcher de se demander s'il avait été soulagé de s'éclipser maintenant qu'il savait que Daisy allait mieux.

Faith et Barry Swann avaient quitté la chambre quelques instants auparavant en compagnie de leur petite-fille. Après s'être assurée de ne rien avoir oublié, Sienna prit l'ascenseur jusqu'au rez-de-chaussée, le sac de voyage de ses parents à l'épaule. Elle s'efforçait de ne pas penser à Conan, au vide qu'elle allait ressentir à présent sans lui et à la façon dont elle allait devoir gérer la situation. Elle devait se préparer à faire face seule, surtout depuis qu'elle connaissait le résultat surprenant du test qu'elle avait passé deux jours plus tôt.

Ses parents ne l'avaient pas attendue comme prévu à la réception mais *il* était là et Sienna sentit ses jambes se dérober sous elle lorsqu'il leva les yeux vers elle.

Il avait pris le temps de se rafraîchir et portait un jean noir et une chemise à rayures. Il émanait de sa personne un mélange envoûtant de dureté et de sophistication.

— Conan !

Quand leurs regards se rencontrèrent, elle vit tant d'émotion dans le sien qu'elle retint son souffle.

Et pourtant rien, dans sa voix, ne laissa transparaître ce qu'il pensait lorsqu'il dit :

— Je suppose qu'ils ont estimé notre petite malade suffisamment rétablie pour la laisser sortir. Et toi, comment te sens-tu ?

— Ça va, répondit-elle dans un souffle, encore sous le choc.

Il était resté à ses côtés, partageant son angoisse et lui apportant son soutien. Ils avaient passé la nuit ensemble auprès de Daisy, comme deux parents unis par l'amour qu'ils portent à leur enfant…

— On ne dirait pas, insista-t-il.

— Tu n'as pas l'air mieux que moi.

Il avait encore les yeux cernés et semblait mal à l'aise et impatient de retrouver sa liberté.

Ce qui était exactement le cas, comprit-elle avec horreur.

Malgré les protestations de Sienna, il s'empara du sac de voyage et elle le laissa faire, envoutée par son parfum qu'elle aimait tant et torturée par le bref contact de son bras qui avait libéré en elle un flot de souvenirs heureux, tendres et torrides.

C'était une douce journée d'automne. Le soleil doré filtrait entre les immeubles, de l'autre côté de la route.

— Où sont mes parents ? demanda-t-elle en cherchant des yeux la Mercedes qu'il avait mise à leur disposition.

— Ils sont partis devant avec le chauffeur et Daisy. Je leur ai dit que j'allais te raccompagner.

Conan la fit monter dans la voiture, verrouilla la porte du côté passager et la BMW se transforma en un espace clos, une bulle de luxe sûre et familière, un endroit rien qu'à lui.

— Où allons-nous ? demanda-t-elle, rompant le silence.

Perdue dans ses pensées, elle venait juste de remarquer qu'il avait dépassé l'embranchement de la route qui conduisait chez elle.

— Il faut que nous parlions, répondit Conan.

Elle lui lança un coup d'œil furtif.

— De quoi ?

— Nous ne nous sommes pas quittés en très bons termes hier au téléphone. Et avec ce qui est arrivé ensuite… Je ne peux m'empêcher de penser que j'ai ma part de responsabilité.

S'il sous-entendait qu'elle avait laissé ses clés dans la voiture parce qu'elle avait l'esprit ailleurs à cause de lui, alors oui, il avait raison.

— Non, tu n'y es pour rien, répondit-elle pourtant, soucieuse de ne pas lui révéler combien leur conversation l'avait affectée.

— Il n'est pas dans mes habitudes de rompre par téléphone. Je crois que tu m'as fait perdre patience, Sienna.

Alors il allait le faire maintenant, décemment ? Comme si briser le cœur de quelqu'un était décent !

— Par téléphone, texto ou même par pigeon voyageur, qu'importe ? dit-elle avec un petit rire forcé en se souvenant qu'il avait utilisé cette expression lorsqu'il l'avait accusée d'être difficile à joindre. De toute façon, continuer ne servirait à rien.

— Pourtant, après tout ce que nous avons partagé, je n'avais pas le droit de te traiter de la sorte.

Sienna regarda par la fenêtre les rangées de maisons qui se succédaient. Elle lui était reconnaissante au moins de son silence, qui repoussait l'instant de leur séparation. Les maisons laissèrent place à des bureaux et des magasins, puis à la banlieue et pour finir à de vertes prairies où paissaient des vaches.

Conan arrêta soudain la voiture sur un petit chemin bordé d'arbres, près d'un ruisseau.

— Si nous prenions un peu l'air ?

Elle acquiesça. Le temps qu'elle ouvre sa portière, Conan avait déjà fait le tour de la voiture et lui tendait la main. Elle ne put éviter ce contact électrique.

Retirant brusquement ses doigts, elle se dirigea vers la berge. Un étroit filet d'eau aux reflets argentés coulait sous les arbres.

Il l'avait emmenée dans cet endroit tranquille pour rompre plus facilement avec elle… Cette idée lui était insupportable.

Elle préféra prendre les devants avant que sa voix ne se brise et qu'il ne se rende compte de ce qu'elle ressentait.

— Je pense qu'il n'y a plus rien à ajouter. Restons-en là, dit-elle. Nous trouverons une solution pour que Daisy puisse voir Avril comme prévu sans que nous ayons besoin de nous croiser. Il est inutile que nous restions en contact.

Et, craignant d'être incapable de faire face à plus de souffrance et de s'effondrer, elle resserra sa veste autour d'elle et se dirigea vers la voiture.

— Je dois rejoindre Daisy, elle va se demander où je suis.

— Sienna…

Soudain, elle lui parut si fragile et désirable, appuyée contre la voiture, qu'il eut envie de la prendre dans ses bras et de l'embrasser. Pourtant il se retint. Elle avait toujours clamé haut et fort ne vouloir aucune relation sérieuse avec lui, mais sa façon de faire l'amour lui avait fait penser, de manière bien présomptueuse, qu'elle ne disait cela que par orgueil. Et à présent, alors qu'il avait tant à lui dire après ce qui était arrivé à Daisy, il se demandait si elle avait jamais été à lui.

— Accorde-moi une faveur, ce sera la dernière, demanda-t-il en lui tendant la main.

Sienna la prit et le suivit le long de la berge.

Il semblait mener un combat intérieur. Aussi, afin de dissiper l'angoisse que son silence ne faisait qu'intensifier, dit-elle la première chose qui lui passa par la tête.

— Merci d'avoir aidé mes parents.

— C'était la moindre des choses. Cela m'a permis de mieux les connaître et de les apprécier. Ils sont chaleureux, simples, et intègres, ce qui n'est apparemment pas ton cas.

— Qu'est-ce que ça veut dire ?

Il s'arrêta et lui fit face.

— Tu t'es donné beaucoup de mal pour me convaincre que Tim Lancaster n'était rien de plus qu'un frère attentionné. Mais ce n'est pas la version de ta mère.

Elle lui lâcha la main et recula d'un pas. Elle ne comprenait pas de quoi il parlait.

— Elle m'a dit que pendant la semaine où mon frère était parti elle avait prévu de venir te voir, mais tu lui as annoncé que tu allais rejoindre Niall à Copenhague. Pourtant tu n'y es pas allée, n'est-ce pas, Sienna ?

— Qu'est-ce que tu insinues ? demanda-t-elle, tendue. Et pourquoi ma mère t'aurait-elle parlé de ça ?

— Elle a juste fait remarquer tout à l'heure, lorsque je l'ai croisée dans le couloir, que tu aurais dû être en Espagne cette semaine et qu'il arrivait quelque chose de terrible chaque fois que tu faisais des plans pour partir. Elle m'a parlé de ton voyage à Copenhague qui n'avait pas eu lieu en raison de la mort de Niall. J'ai alors compris que tu l'avais simplement tenue à distance parce que tu avais l'intention d'aller chez ce Tim. L'aimais-tu au point de mentir à ta mère ? Es-tu encore amoureuse de lui, Sienna ?

— Non !

— Alors pourquoi as-tu menti à ta mère ? demanda-t-il, avant d'ajouter, si doucement que c'en était presque un murmure, et à *moi* ?

L'air désespéré de Sienna confirma à Conan ce qu'il redoutait. Elle était toujours amoureuse de Tim.

— Je te prie de m'excuser, reprit-il d'une voix rauque. Je n'avais aucun droit de te demander ça. Viens, retournons à la voiture.

Ses larges épaules soudain voûtées, les mains dans les poches, il marchait devant elle. Il allait partir en pensant le pire d'elle si elle ne faisait rien pour l'arrêter. Elle *devait* l'arrêter ! Même si pour cela elle devait briser la promesse qu'elle s'était faite de le protéger en se taisant.

— J'ai menti parce que…

Elle marqua une pause, comme si admettre ce qu'elle s'apprêtait à admettre l'étouffait.

— En dépit de ce que tu penses, il était hors de question que Tim me voie en tenue légère. Mais si maman était venue, je savais qu'elle aurait fini par me voir.

Il se retourna et secoua la tête, perplexe, essayant de comprendre ce qu'elle cherchait à lui dire.

Elle était debout au milieu du sentier, le regard perdu dans le vague. Il ne voyait que son profil mais jamais il ne l'avait trouvée aussi belle.

Elle était indépendante, courageuse et fière. Il aurait même dit loyale si…

Et soudain, il comprit. Il se souvint de ce matin où elle portait une simple robe noire à col roulé ainsi que des collants noirs qui cachaient ses jolies jambes malgré la chaleur étouffante. Il avait pensé que c'était un genre qu'elle voulait se donner. Mais la vision de sa mère portant ces mêmes vêtements rigides et affichant ce même regard hagard s'imposa à lui…

— Niall t'a… blessée ? demanda-t-il, sous le choc, les yeux écarquillés, et Sienna, à travers un brouillard de larmes, vit sa bouche se fendre en un rictus de dégoût et d'horreur. Oh ! mon amour…

Brusquement, elle fut dans ses bras. Il la serra contre lui, comme pour la protéger de tout ce qui pourrait la menacer.

— Pourquoi n'as-tu rien dit ? *Pourquoi* ?

— Je ne pouvais pas, dit-elle d'un ton à la fois coupable et soulagé. Il était toujours tellement désolé, après. Il me suppliait de ne rien dire, à personne et surtout pas à toi. Je pense qu'il ne voulait pas perdre le peu de respect que tu avais encore pour lui et j'ai tout fait pour que tu ne t'aperçoives de rien.

— Tu t'es tue pour m'épargner ? demanda-t-il, incrédule en la serrant plus fort encore. Je l'aurais lynché !

Elle fut émerveillée de la profondeur des sentiments qu'exprimait sa voix. Elle ne pouvait croire qu'elle était encore dans ses bras.

— Combien de temps a duré cet enfer ?

— Cela a commencé à la naissance de Daisy. Il ne supportait pas de me partager. Ni avec mes parents, ni avec Tim, ni même avec sa propre fille. Ce jour-là, il avait commencé de hurler parce qu'elle réclamait mon attention et quand j'ai essayé de prendre sa défense…

Elle n'eut pas besoin d'en dire plus.

« Tel père tel fils », pensa Conan, mortifié que Sienna et sa petite fille aient tant souffert, honteux aussi d'avoir malgré lui participé à cette souffrance et de l'avoir si mal jugée pendant toutes ces années.

— Le lendemain, il est parti à Copenhague et quand maman m'a dit qu'elle arrivait, j'ai paniqué, avoua-t-elle. Je ne voulais pas que mes parents sachent. Cela les aurait bouleversés. Je me suis réfugiée à Londres, chez Tim, et me suis contentée de lui dire que Niall était en déplacement. Il n'a pas compris mais a promis de garder le silence. C'est alors que Niall a eu son accident… Je voulais que Daisy grandisse en étant fière de son père, tu comprends ? acheva-t-elle en le regardant.

— Pourras-tu un jour me pardonner ?

— De quoi ? demanda-t-elle comme si toutes ses accusations et ses doutes s'étaient envolés.

— De ne pas m'être rendu compte que j'étais amoureux de toi, admit-il. Et d'avoir refusé de l'accepter parce que… je m'étais convaincu que je ne pourrais jamais être un beau-père pour Daisy et qu'il était donc préférable que je garde mes distances. Mais tu avais raison lorsque tu m'as dit, à la villa, que j'avais peur. Ce n'est qu'hier, croyant la perdre, que j'ai compris combien je l'aimais et à quel point j'avais été stupide. Je veux m'occuper d'elle, Sienna, et avec toi à mes côtés je sais que je peux être le père aimant dont elle a besoin. Je veux prendre soin de vous deux… ou plutôt, de vous trois.

Sienna le fixa intensément. Non, il ne pouvait pas être au courant. Elle devait rêver…

— Oui, j'adopterai même votre maudit chien ! Je t'aime, Sienna. Veux-tu m'épouser ?

— Il ne s'agit pas du chien, dit-elle, anxieuse. J'attends un enfant, Conan… Je ne comprends pas comment cela a pu se produire mais tu vas être un vrai papa. Penses-tu pouvoir assumer ce rôle ?

Une fois le choc passé, un sourire radieux éclaira son visage.

— Avec toi et Daisy à mes côtés, je me sens capable de tout assumer, assura-t-il en posant tendrement sa main sur la petite vie qui poussait dans le ventre de

Sienna, surtout un cadeau aussi précieux qu'un petit frère ou une petite sœur pour notre fille.

— En es-tu certain ? demanda-t-elle.

Elle ne pouvait pas croire que l'accident de Daisy ait pu se transformer en quelque chose de si merveilleux.

— Je n'ai jamais été aussi sûr de quoi que ce soit de ma vie, l'assura-t-il en lui souriant puis, comprenant ses craintes, il ajouta doucement : Ne crains rien, ma chérie. Nous avons tous les deux souffert mais à présent, tout ira bien. Je t'aime, Sienna. Je pense être tombé amoureux de toi la première fois que je t'ai vue à la mairie, même si j'ai refusé de l'admettre. Tout comme à cette soirée où j'ai dansé avec toi… Je n'ai jamais désiré autant quelqu'un que ce soir-là.

— C'est pour cela que tu m'avais à peine adressé la parole, et fait croire que tu étais presque soulagé que la danse se termine ?

— Moi ? dit-il, feignant l'étonnement. C'était loin d'être le cas, pourtant. Et *toi,* Sienna, qu'est-ce que tu ressentais ?

Une brise fraîche agita les branches d'un bouleau et Conan, la voyant frissonner, posa sa veste sur ses épaules.

— De la peur, de l'excitation, de l'embarras. Mais surtout…

Elle releva ses yeux embués de larmes et avoua candidement :

— Je me sentais tellement… *en sécurité* avec toi.

— Oh ! mon amour, murmura-t-il de nouveau avant de poser sur sa bouche un baiser qui les enflamma tous deux.

Lorsqu'il releva la tête, ses yeux brillaient de bonheur mais elle y décela une lueur d'incertitude.

— Dois-je interpréter cela comme un « oui » ?

— Qu'est-ce que tu penses ? répondit Sienna en

souriant et, afin de dissiper tous ses doutes, elle ajouta : Je t'aime, Conan.

Serrée contre lui, elle pensa à toutes les femmes qui allaient regretter la fin de son célibat, mais elle savait qu'elle pouvait lui faire confiance. Cet homme était à elle. Pour l'éternité.

— Rentrons à la maison, murmura-t-il.

Dans sa bouche, ce mot revêtait une signification particulière. C'était un havre de paix où leur amour pourrait grandir.

Elle resserra ses bras autour de lui, certaine que sa maison serait toujours aussi la sienne. A jamais…

collection Azur

Ne manquez pas, dès le 1er novembre

UN SERMENT DÉROBÉ, *Lynn Raye Harris* • *N°3289*

Mariage Arrangé

Lorsqu'il arrive à Hawaii, sur l'île de Maui, et qu'il se retrouve devant la chanteuse Bella Tyler, Adan, sous le choc, doit se rendre à l'évidence : l'artiste sexy qui se déhanche sur scène est bien Isabella, son épouse disparue deux ans plus tôt. Mais non seulement cette dernière n'a plus rien de la jeune femme, certes ravissante, mais effacée et timide, qu'il avait épousée par pure convenance — dans le but de donner un héritier au royaume —, mais elle semble avoir tout oublié de leur union…

UNE ÉBLOUISSANTE RENCONTRE, Amy Andrews • *N°3290*

En acceptant d'accompagner une amie à une soirée, Ali pensait boire un verre ou deux, puis rentrer bien sagement chez elle. Mais c'était sans compter sur le bel inconnu, totalement irrésistible, qui attire bientôt son regard. A tel point que lorsqu'il lui propose de la raccompagner, elle ne se sent pas la force de refuser. Et que lorsqu'il se penche vers elle dans le taxi pour l'embrasser, elle oublie toute raison. Après tout, pourquoi ne pas profiter de l'instant, et oublier entre ses bras le procès qu'elle va devoir affronter, et dont l'issue sera capitale pour sa carrière ? Mais le lendemain de cette délicieuse nuit de passion, Ali apprend que son amant n'est autre que l'avocat qui doit la défendre. Autrement dit, un homme avec lequel il lui est interdit d'avoir une liaison…

L'ENFANT D'UN SÉDUCTEUR, *Cathy Williams* • *N°3291*

Enfant Secret

Depuis trois semaines qu'elle a été recrutée dans une prestigieuse banque londonienne, Sarah n'a jamais rencontré âme qui vive dans les bureaux. Et pour cause : elle ne commence à y travailler qu'une fois les autres employés partis. Pourtant, un soir, une voix d'homme la fait soudain sursauter. Et quand elle se retourne pour voir à qui appartient cette voix grave et pleine d'assurance, la surprise s'efface pour faire place à la stupeur, et à la panique. Car le patron de la banque n'est autre que Raoul Sinclair, l'homme qu'elle aimé cinq ans plus tôt, avant qu'il ne la quitte brutalement. L'homme dont elle est tombée enceinte, mais qui ne sait rien de l'existence de son enfant…

L'AMOUREUSE TRAHIE, *Jacqueline Baird* • *N°3292*

Dès qu'il croise le regard de celle qui fut brièvement sa femme, six ans plus tôt, Rion Moralis se sent envahi par un désir aussi intense qu'autrefois, mais aussi par la colère et le mépris. Des sentiments si puissants et si tumultueux, qu'il comprend que la vengeance qu'il a préparée ne lui suffira pas. Non seulement il va tout faire pour dépouiller la jeune femme de sa fortune, mais il la séduira, une dernière fois. Pour s'octroyer enfin la lune de miel qui lui a été refusée six ans auparavant — et assouvir enfin sa vengeance…

UN RÊVE IMPOSSIBLE, Ally Blake • *N°3293*

Depuis un an qu'elle est l'assistante de Bradley Knight, Hannah s'épanouit totalement dans son travail — un travail qui la passionne et auquel elle consacre sans compter son temps et son énergie. Tout serait donc parfait si elle n'éprouvait une folle et déraisonnable attirance pour Bradley, un play-boy pour lequel le romantisme et l'amour ne signifient rien, et qui ne s'engagera jamais. D'où son trouble lorsqu'elle apprend qu'ils doivent se rendre tous deux en Tasmanie : comment pourrait-elle résister, si l'étrange lueur qu'elle voit parfois briller dans le regard de Bradley, quand il se pose sur elle, se transforme en séduction ouverte ?

LA PROIE DU DÉSIR, Kate Walker • *N°3294*

Jamais Rebecca n'aurait pensé revenir à la Villa Aristea. Comment l'aurait-elle pu, alors que ce lieu paradisiaque ne lui inspire que de cruels et douloureux souvenirs, depuis ce jour sinistre où Andreas l'a rejetée, alors que leurs noces venaient tout juste d'être célébrées ? Si elle revient aujourd'hui, c'est parce qu'elle a reçu un appel de l'assistante de son ex-mari l'avertissant que ce dernier, victime d'un grave accident, la réclame à son chevet. Mais une fois sur place, Rebecca s'aperçoit, stupéfaite, qu'Andreas n'a aucun souvenir de l'année qui vient de s'écouler, ni des terribles événements qui les ont séparés…

LA PROMISE DU CHEIKH, Annie West • *N°3295*

Alors qu'elle marche sous une pluie battante, Maggie voit s'arrêter près d'elle un homme incroyablement viril et séduisant, qui lui propose de la ramener en voiture au haras voisin, où il loge, pour qu'elle puisse se mettre à l'abri. Comment refuser, alors que l'orage redouble ? Et surtout, pourquoi refuser, alors que cet inconnu lui inspire un désir fulgurant, fou, comme elle n'en a jamais connu… Si fou qu'elle s'y abandonne bientôt avec délice. Mais au matin, persuadée qu'il ne s'agit pour lui que d'une histoire sans lendemain, Maggie reprend ses esprits et s'enfuit. Pour, quelque temps plus tard, apprendre qu'elle est enceinte...

LA MAÎTRESSE DE RIO D'AQUILA, Sandra Marton • *N°3296*
- La saga des Orsini - IZZY

Deux heures de retard..., se désole Izzy. Dans ces conditions, jamais l'homme d'affaires Rio d'Aquila, avec qui elle avait rendez-vous, n'acceptera de la recevoir ! Elle qui souhaitait tant lui présenter son projet de jardin pour sa magnifique demeure de Southampton, voilà qu'elle ne sera même pas parvenue à lui parler... Cependant, au point où elle en est, pourquoi ne pas tout de même sonner et voir si quelqu'un peut la recevoir ? Mais quand la porte s'ouvre, et qu'elle voit apparaître devant elle un homme beau à se damner, mais terriblement sombre et arrogant, Izzy est si bouleversée qu'elle en oublie les raisons de sa venue...

LA FIERTÉ DE RAFAEL, Janette Kenny • *N°3297*
- Bad Blood - 6e partie

Au moment de revoir Rafael, Leila sent son cœur se mettre à battre follement dans sa poitrine. Enfin elle va revoir son mari, dont elle a été séparée pendant de longs mois, et savourer dans ses bras des retrouvailles tendres et passionnées... Mais quand Rafael, à sa grande surprise, lui explique qu'il désire à présent avoir un enfant, un héritier, et fonder une famille, Leila sent la panique et l'angoisse l'envahir. Désormais, elle en est certaine : si Rafael apprend le secret qu'elle lui cache depuis des mois, il la quittera pour une autre femme, capable, elle, de lui donner ce qu'il désire...

L'INCONNU DE BLACKWOOD, Sharon Kendrick • *N°3298*

Lorsqu'elle arrive au majestueux manoir de Blackwood où vit son futur employeur, Jack Marchant, Ashley a la désagréable surprise de trouver porte close. Agacée de se retrouver dehors par un froid mordant, elle décide d'aller marcher dans la lande qui borde le domaine, en espérant que le maître des lieux se montrera bientôt. Un souhait vite exaucé, car elle ne tarde guère à voir surgir un cavalier, un homme ténébreux, viril, séduisant : Jack Marchant. En découvrant que c'est sous le toit de cet homme qu'elle va devoir vivre, Ashley se promet aussitôt de tout faire pour résister au désir violent et immédiat qu'il lui inspire. Si elle est ici, c'est pour gagner un argent dont elle a désespérément besoin, pas pour rêver à un homme de toute façon inaccessible...

Attention, numérotation des livres pour le Canada différente : numéros 1763 à 1768

A paraître le 1er septembre

Best-Sellers n°526 • roman

Le temps d'un été - Emilie Richards

Trois femmes – Tessa, sa mère et sa grand-mère – se retrouvent dans la propriété familiale, une grande demeure de Virginie, chargée d'histoire et de souvenirs, où ont vécu plusieurs générations avant elle. Tessa, la plus jeune des trois, noyée dans le chagrin d'avoir perdu sa petite fille, s'est éloignée peu à peu de son mari. Nancy, sa mère, n'a quant à elle jamais cessé de lutter pour échapper à ses origines. Mais à présent qu'elle mène une vie confortable et mondaine, elle est persuadée que son mari ne l'a pas épousée par amour, et qu'elle a trahi celle qu'elle est vraiment. Helen, la grand-mère, est une battante qui a fait face aux épreuves toute sa vie durant, mais s'est murée dans une solitude têtue, prétendant n'avoir besoin de personne et négligeant ses talents artistiques. Toutes trois, bien qu'unies par un lien indestructible, se sont repliées sur leurs propres blessures. Mais si chacune est hantée par un secret douloureux, elles vont tenter, le temps d'un été, de se remettre à croire en l'espoir.

Best-Sellers n°527 • roman

Un été au lac des Saules - Susan Wiggs

A vingt-sept ans, Olivia Bellamy a déjà deux fiançailles annulées derrière elle. Et alors qu'elle s'attend à une demande en mariage, son petit ami lui annonce leur rupture. Pour tromper son désespoir, elle accepte la proposition de sa grand-mère : passer l'été au lac des Saules pour remettre en état le camp de vacances appartenant à ses grands-parents et où, enfant, elle a passé tous ses étés. Pour la décoratrice de talent qu'elle est, la mission est passionnante. D'autant plus que l'endroit est paradisiaque et empreint de nostalgie… même s'il ne lui évoque pas que de bons souvenirs. Adolescente mal dans sa peau et fragilisée par le divorce de ses parents, elle y a, à l'époque, beaucoup souffert. Une seule personne, alors, l'aidait à supporter le rejet des autres… une personne à laquelle elle se refuse de penser : le passé est passé. Mais voilà que, le jour où se présente l'entrepreneur venu l'aider à réaliser son projet, elle reconnaît avec stupéfaction Connor Davis, le garçon qu'elle a secrètement aimé durant son adolescence… et qui lui a brisé le cœur.

Best-Sellers n°528 • thriller

Jusqu'au bout du mal - Michelle Gagnon

A peine remise d'une grave blessure et déterminée à retrouver sa confiance en elle après avoir frôlé la mort, l'agent spécial Kelly Jones refuse l'idée de ne pas reprendre le travail sur le terrain. Aussi décide-t-elle envers et contre tout d'accompagner Jake Riley, son fiancé, ainsi que son équipe d'élite, pour d'une périlleuse mission de libération d'otage. Une mission qui la conduit dans les bas-fonds de Mexico. Mais malgré son courage, Kelly redoute secrètement de ne plus être à la hauteur. C'est alors que dans les bidonvilles de Mexico, elle retrouve l'homme qu'elle recherche depuis des années. Un tueur machiavélique qui semble désormais mettre en scène un effroyable rituel macabre en choisissant ses victimes, des enfants, dans la frange la plus pauvre de la société. Horrifiée et décidée à saisir cette ultime chance de faire ses preuves, Kelly se sépare momentanément de Jake et de son équipe pour se lancer seule dans une mission plus périlleuse que jamais…

Best-Sellers n°529 • thriller

Noire était la nuit - Lisa Jackson

Le jour de son quinzième anniversaire, à La Nouvelle-Orléans, Abby Chastain a vu sa mère se jeter par la fenêtre de l'hôpital psychiatrique Notre-Dame-des-Vertus où celle-ci vivait enfermée, victime d'hallucinations. Et personne n'a jamais su quelle terrifiante vision avait bien pu pousser Faith Chastain à commettre l'irréparable. Vingt ans plus tard, Abby est encore hantée par le souvenir de cette tragédie. L'hôpital, désormais abandonné, est promis à la destruction. Mais Abby pressent qu'il n'a pas révélé tous ses secrets. Et, lorsque des meurtres en série sont commis, elle comprend que les démons du passé sont en train de se réveiller : toutes les victimes ont un lien avec elle, ou avec l'hôpital. A commencer par son ex-mari, sauvagement assassiné. Un lien secret que l'inspecteur Montoya va devoir comprendre pour empêcher le dangereux psychopathe de poursuivre sa série macabre. Mais le tueur, lui, a d'autres plans…

Best-Sellers n°530 • thriller

Elles étaient si jolies - Andrea Ellison

Quand le lieutenant de la brigade des homicides de Nashville, Taylor Jackson, découvre la scène de crime qui l'attend au bord d'une autoroute par une étouffante journée d'été, elle reconnait instantanément la signature de l'Etrangleur du Sud : une victime jeune, jolie, et des indices macabres qui ne laissent aucun doute sur l'identité du meurtrier. Profondément choquée par cette effroyable mise en scène, Taylor est prête à tout pour arrêter l'assassin, avec l'aide de son amant Jack Baldwin, un célèbre profiler du FBI. Car elle ne s'est pas dévouée corps et âme à ce métier pour se laisser manipuler par un tueur psychopathe qui la provoque en laissant derrière lui des poèmes. Des poèmes qui vont la mener dans les beaux quartiers de Nashville qu'elle connaît bien, là où les secrets sont si bien préservés au nom des apparences.

BestSellers

Best-Sellers n°531 • suspense

Noire révélation - Brenda Novak

Madeline, rédactrice en chef du journal de Stillwater, n'avait que 16 ans lorsque son père, le respectable Révérend Barker, a mystérieusement disparu de la petite ville. Vingt ans ont passé depuis, et tout le monde, y compris sa belle-mère et son demi-frère, lui conseille d'oublier ces douloureux souvenirs. Mais un hasard vient bouleverser leur existence et raviver le drame : la voiture de Barker est retrouvée au fond d'une carrière abandonnée. Contre l'avis de tous, Madeline engage Hunter Solozano, un détective privé, pour l'aider à remonter cette piste. Mais de sulfureux indices sont retrouvés dans la voiture de Barker, qui laissent Madeline perplexe. Et sa propre famille, au lieu de lui venir en aide, se mure dans le silence et cherche à la détourner de son enquête. Comme si tous étaient complices d'un passé trouble, soigneusement caché à Madeline ces vingt dernières années. Comme si le démon qui s'était emparé de la ville vingt ans plus tôt était sur le point refaire surface…

Best-Sellers n°532 • historique

Le secret d'Elysse - Brenda Joyce

Irlande, 1839

Si Elysse De Varenne occupe une place d'honneur dans la haute société irlandaise, elle n'ignore pas les cruelles rumeurs qui circulent sur son mariage. Des rumeurs qu'elles s'efforcent de démentir par tous les moyens. Pas question d'admettre qu'elle n'a pas vu son époux depuis le jour où ils ont échangé leurs vœux, et encore moins que leur union n'a jamais été consommée ! Car on ne tarderait pas alors à découvrir le scandaleux secret qui a poussé le ténébreux Alexi De Varenne à l'épouser six ans plus tôt… Hélas, son personnage de parfaite épouse vole en éclats lorsqu'après six ans d'absence, Alexi décide de rentrer en Angleterre. En effet, comment continuer à faire croire en leur mariage quand l'irrésistible Alexi refuse de lui adresser la parole ?

Best-Sellers n°533 • historique

Le mystérieux fiancé - Shannon Drake

19ème siècle, Londres.

Sous la protection des Carlyle depuis son enfance, Ally a grandi dans un havre de paix, loin des troubles qui agitent le royaume. Et si cette existence dorée a des inconvénients – comme celui d'être promise à un inconnu –, Ally a bien conscience que ses origines modestes auraient pu la conduire à un sort moins enviable. Aussi est-ce résignée qu'elle se rend au bal qui officialisera ses fiançailles avec Mark Farrow, l'époux que son parrain lui a choisi. Mais alors qu'elle est en chemin, sa voiture est attaquée par un ténébreux bandit. L'homme, aussi inquiétant que séduisant, fait aussitôt naître en elle un désir implacable. Un désir qu'elle s'efforce de réprimer pour lui tenir tête : comment ose-t-il s'en prendre à elle, Alexandra Grayson, pupille du puissant comte de Carlyle ? Son argument, elle le sait, est peu convaincant… Pourtant, contre toute attente, l'homme la libère dès qu'il apprend son nom, visiblement bouleversé par sa découverte…

Composé et édité par les

éditions HARLEQUIN

Achevé d'imprimer en septembre 2012

BRODARD & TAUPIN

La Flèche

Dépôt légal : octobre 2012

N° d'imprimeur : 69432

Imprimé en France